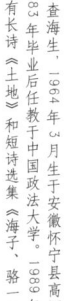

海子的诗

海子,原名查海生,1964年3月生于安徽怀宁县高河查湾。1979年考入北京大学法律系。1983年毕业后任教于中国政法大学。1989年3月26日卒于河北山海关。已出版作品有长诗《土地》和短诗选集《海子、骆一禾作品集》。

图书在版编目(CIP)数据

海子的诗/海子著.—北京:人民文学出版社,2013(2022.8重印)
(蓝星诗库金版)
ISBN 978-7-02-009150-8

Ⅰ.①海… Ⅱ.①海… Ⅲ.①诗集—中国—当代 Ⅳ.①I227

中国版本图书馆 CIP 数据核字(2012)第 077762 号

责任编辑　薛子俊　李义洲
装帧设计　柳　泉
责任印制　任　祎

出版发行　人民文学出版社
社　　址　北京市朝内大街 166 号
邮政编码　100705

印　　刷　三河市中晟雅豪印务有限公司
经　　销　全国新华书店等

字　　数　156 千字
开　　本　850×1092 毫米　1/32
印　　张　9.5　插页 3
印　　数　194001—197000
版　　次　1995 年 4 月北京第 1 版
印　　次　2022 年 8 月第 24 次印刷

书　　号　978-7-02-009150-8
定　　价　29.00 元

如有印装质量问题,请与本社图书销售中心调换。电话:010-65233595

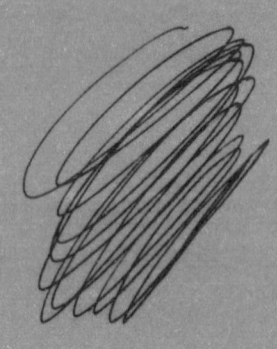

作者像

出 版 说 明

"蓝星诗库"丛书面世近二十年了。在这段时间里,读者和我们一道见证了这套诗丛的成长和壮大。作为国家级文学出版单位,人民文学出版社有限公司始终坚持以国家主流文化建设为己任,推出并坚持"蓝星诗库"丛书的出版,既是我们的责任,也是我们的义务。感谢广大读者的厚爱,"蓝星诗库"丛书问世以来,在同类图书中一直保有良好的口碑和市场业绩,且业已成为诗界的品牌出版物。

为回报作者及广大读者厚爱,在继续出版"蓝星诗库"丛书的同时,我们从近年已出版过的作品中优中选精,进而组成并新推出这套"蓝星诗库金版"丛书,以新的图书形态奉献给读者。这里需要说明的是:一、入选"蓝星诗库金版"的品种,必须是"蓝星诗库"丛书出版过的;二、同"蓝星诗库"丛书一样,"蓝星诗库金版"也将逐步发展下去。我们期待着诗界朋友和广大读者的支持与赐教。

人民文学出版社编辑部

目　录

亚洲铜 …………………………………… *1*

阿尔的太阳

——给我的瘦哥哥 ………………… *2*

历史 ……………………………………… *4*

新娘 ……………………………………… *6*

民间艺人 ………………………………… *7*

主人 ……………………………………… *8*

夏天的太阳 ……………………………… *9*

活在珍贵的人间 ………………………… *11*

熟了麦子 ………………………………… *12*

你的手 …………………………………… *14*

写给脖子上的菩萨 ……………………… *16*

无题 ……………………………………… *18*

麦地 ……………………………………… *19*

十四行：夜晚的月亮 …………………… *23*

房屋 ……………………………………… *24*

打钟 ……………………………………… *25*

春天 ……………………………………… *27*

哑脊背 …………………………………………… 29
明天醒来我会在哪一只鞋子里 ……………… 31
九月 ……………………………………………… 33
九月的云 ………………………………………… 34
给母亲（组诗）………………………………… 35
大自然 …………………………………………… 39
我请求：雨 ……………………………………… 40
村庄 ……………………………………………… 42
肉体（之一）…………………………………… 43
天鹅 ……………………………………………… 45
让我把脚丫搁在黄昏中一位木匠的工具箱上 … 47
给卡夫卡
　——囚徒核桃的双脚 ……………………… 48
从六月到十月 …………………………………… 49
肉体（之二）…………………………………… 50
浑曲 ……………………………………………… 53
莫扎特在《安魂曲》中说 ……………………… 54
梭罗这人有脑子 ………………………………… 55
八月尾 …………………………………………… 60
感动 ……………………………………………… 62
在昌平的孤独 …………………………………… 64
死亡之诗（之一）……………………………… 65
抱着白虎走过海洋 ……………………………… 66
谣曲 ……………………………………………… 68

· 2 ·

草原上 …………………………………… 71
海子小夜曲 ……………………………… 72
我感到魅惑 ……………………………… 74
给B的生日 ……………………………… 76
怅望祁连（之一）………………………… 77
怅望祁连（之二）………………………… 78
七月不远
　——给青海湖，请熄灭我的爱情 ……… 79
敦煌 ……………………………………… 81
给托尔斯泰 ……………………………… 83
云朵 ……………………………………… 85
黄金草原 ………………………………… 87
北斗七星　七座村庄
　——献给萍水相逢的额济纳姑娘 ……… 89
不幸 ……………………………………… 90
泪水 ……………………………………… 91
九首诗的村庄 …………………………… 93
黎明　一首小诗 ………………………… 94
冬天的雨 ………………………………… 95
雨 ………………………………………… 98
雨鞋 ……………………………………… 100
献诗
　——给S ………………………………… 101
美丽白杨树 ……………………………… 102

给安庆	104
两座村庄	105
重建家园	107
麦地与诗人	108
五月的麦地	110
长发飞舞的姑娘（五月之歌）	111
幸福的一日 致秋天的花楸树	112
北方的树林	113
夜晚 亲爱的朋友	115
晨雨时光	116
为什么你不生活在沙漠上	117
诗人叶赛宁（组诗）	119
盲目	
——给维特根施坦	130
给萨福	132
死亡之诗（之二：采摘葵花）	
——给梵高的小叙事：自杀过程	134
土地·忧郁·死亡	136
十四行：玫瑰花	137
十四行：王冠	138
十四行：玫瑰花园	139
马、火、灰，鼎	140
生殖	142
光棍	143

日出

　　——见于一个无比幸福的早晨的日出……… *144*

祖国（或以梦为马）……………………………… *145*

秋……………………………………………………… *148*

秋天…………………………………………………… *149*

秋日黄昏……………………………………………… *151*

公爵的私生女

　　——给波特莱尔………………………………… *153*

马雅可夫斯基自传…………………………………… *155*

枫……………………………………………………… *157*

灯……………………………………………………… *159*

灯诗…………………………………………………… *162*

不幸

　　——给荷尔德林………………………………… *164*

尼采，你使我想起悲伤的热带……………………… *170*

汉俳…………………………………………………… *172*

两行诗………………………………………………… *174*

四行诗………………………………………………… *176*

酒杯：情诗一束……………………………………… *178*

秋天的祖国

　　——致毛泽东，他说"一万年太久"………… *180*

秋日想起春天的痛苦　也想起雷锋………………… *182*

八月之杯……………………………………………… *184*

八月　黑夜的火把…………………………………… *185*

秋	186
野鸽子	187
夜色	188
眺望北方	189
跳伞塔	191
太阳和野花	
——给AP	193
在一个阿拉伯沙漠的村镇上	198
生日	202
黑翅膀	204
日记	206
西藏	208
七百年前	209
远方	
——献给草原英雄小姐妹	210
喜玛拉雅	211
草原之夜	213
远方	215
雪	217
在大草原上预感到海的降临	219
大草原 大雪封山	221
冬天	222
情诗一束	224
花儿为什么这样红	230

献诗	*232*
太平洋上的贾宝玉	*233*
遥远的路程：十四行献给89年初的雪	*234*
面朝大海，春暖花开	*236*
酒杯	*237*
遥远的路程	*239*
最后一夜和第一日的献诗	*240*
黑夜的献诗	
——献给黑夜的女儿	*241*
太平洋的献诗	*243*
献给太平洋	*245*
折梅	*246*
献诗	*247*
黎明（二月的雪，二月的雨）	*248*
四姐妹	*250*
拂晓	*252*
黎明（之二）	*255*
桃花时节	*257*
春天，十个海子	*259*
弥赛亚（节选）	*261*

后　记	王清平　王晓 *291*

亚 洲 铜

亚洲铜,亚洲铜
祖父死在这里,父亲死在这里,我也将死在这里
你是唯一的一块埋人的地方

亚洲铜,亚洲铜
爱怀疑和爱飞翔的鸟,淹没一切的是海水
你的主人却是青草,住在自己细小的腰上,守住野花的手掌和秘密

亚洲铜,亚洲铜
看见了吗?那两只白鸽子,它们是屈原遗落在沙滩上的白鞋子
让我们——我们和河流一起,穿上它们吧

亚洲铜,亚洲铜
击鼓之后,我们把在黑暗中跳舞的心脏叫作月亮
这月亮主要由你构成

1984

阿尔的太阳

——给我的瘦哥哥

"一切我所向着自然创作的,是栗子,从火中取出来的。啊,那些不信任太阳的人是背弃了神的人。"

到南方去
到南方去
你的血液里没有情人和春天
没有月亮
面包甚至也不够
朋友更少
只有一群苦痛的孩子,吞噬一切
瘦哥哥梵高,梵高啊
从地下强劲喷出的
火山一样不计后果的
是丝杉和麦田
还有你自己
喷出多余的活命时间
其实,你的一只眼睛就可能照亮

世界
但你还要使用第三只眼,阿尔的
太阳
把星空烧成粗糙的河流
把土地烧得旋转
举起黄色的痉挛的手,向日葵
邀请一切火中取栗的人
不要再画基督的橄榄园
要画就画橄榄收获
画强暴的一团火
代替天上的老爷子
洗净生命
红头发的哥哥,喝完苦艾酒
你就开始点这把火吧
烧吧

1984

历 史

我们的嘴唇第一次拥有
蓝色的水
盛满陶罐
还有十几只南方的星辰
火种
最初忧伤的别离

岁月呵

你是穿黑色衣服的人
在野地里发现第一枝植物
脚插进土地
再也拔不出
那些寂寞的花朵
是春天遗失的嘴唇

岁月呵,岁月

公元前我们太小
公元后我们又太老
没有人见到那一次真正美丽的微笑
但我还是举手敲门
带来的象形文字
撒落一地

岁月呵
岁月

到家了
我缓缓摘下帽子
靠着爱我的人
合上眼睛
一座古老的铜像坐在墙壁中间
青铜浸透了泪水

岁月呵

1984

新　　娘

故乡的小木屋、筷子、一缸清水
和以后许许多多日子
许许多多告别
被你照耀

今天
我什么也不说
让别人去说
让遥远的江上船夫去说
有一盏灯
是河流幽幽的眼睛
闪亮着
这盏灯今夜睡在我的屋子里

过完了这个月，我们打开门
一些花开在高高的树上
一些果结在深深的地下

1984

民 间 艺 人

平原上有三个瞎子
要出远门

红色的手鼓在半夜
突然敲响

并没有死人
并没有埋下枣木拐杖

敲响,敲响
心在最远的地方沉睡

平原上有三个瞎子
要出远门

那天夜里
摸黑吃下高粱饼

1984.11

主　　人

你在渔市上
寻找下弦月
我在月光下
经过小河流

你在婚礼上
使用红筷子
我在向阳坡
栽下两行竹

你的夜晚
主人美丽
我的白天
客人笨拙

1985. 1

夏天的太阳

夏天
如果这条街没有鞋匠

我就打赤脚
站到太阳下看太阳

我想到在白天出生的孩子
一定是出于故意

你来人间一趟
你要看看太阳

和你的心上人
一起走在街上

了解她
也要了解太阳

(一组健康的工人
正午抽着纸烟)

夏天的太阳
太阳

当年基督入世
也在这阳光下长大

1985. 1

活在珍贵的人间

活在这珍贵的人间
太阳强烈
水波温柔
一层层白云覆盖着
我
踩在青草上
感到自己是彻底干净的黑土块

活在这珍贵的人间
泥土高溅
扑打面颊
活在这珍贵的人间
人类和植物一样幸福
爱情和雨水一样幸福

1985．1．12

熟了麦子

那一年
兰州一带的新麦
熟了

在水面上
混了三十多年的父亲
回家来

坐着羊皮筏子
回家来了

有人背着粮食
夜里推门进来

油灯下
认清是三叔

老哥俩

一宵无言

只有水烟锅
咕噜咕噜

谁的心思也是
半尺厚的黄土
熟了麦子呀!

1985. 1. 20

你 的 手

北方
拉着你的手
手
摘下手套
她们就是两盏小灯

我的肩膀
是两座旧房子
容纳了那么多
甚至容纳过夜晚
你的手
在他上面
把他们照亮

于是有了别后的早上
在晨光中
我端起一碗粥
想起隔山隔水的

北方

有两盏灯

只能远远地抚摸

1985．2

写给脖子上的菩萨

呼吸,呼吸
我们是装满热气的
两只小瓶
被菩萨放在一起

菩萨是一位很愿意
帮忙的
东方女人
一生只帮你一次

这也足够了
通过她
也通过我自己
双手碰到了你,你的

呼吸

两片抖动的小红帆

含在我的唇间
菩萨知道
菩萨住在竹林里
她什么都知道
知道今晚
知道一切恩情
知道海水是我
洗着你的眉
知道你就在我身上呼吸，呼吸

菩萨愿意
菩萨心里非常原意
就让我出生
让我长成的身体上
挂着潮湿的你

1985．4

无　　题

给我粮食
给我婚礼
给我星辰和马匹
给我歌曲
给我安息!

我的生日
这是位美丽的
折磨人的女俘虏
坐在故乡的打麦场上

在月光下
使村子里的二流子
如痴如醉!

1985（?）

麦　　地

吃麦子长大的
在月亮下端着大碗
碗内的月亮
和麦子
一直没有声响

和你俩不一样
在歌颂麦地时
我要歌颂月亮

月亮下
连夜种麦的父亲
身上像流动金子

月亮下
有十二只鸟
飞过麦田
有的衔起一颗麦粒

有的则迎风起舞,矢口否认。

看麦子时我睡在地里
月亮照我如照一口井
家乡的风
家乡的云
收聚翅膀
睡在我的双肩

麦浪——
天堂的桌子
摆在田野上
一块麦地。

收割季节
麦浪和月光
洗着快镰刀。

月亮知道我
有时比泥土还要累
而羞涩的情人
眼前晃动着
麦秸。

我们是麦地的心上人
收麦这天我和仇人
握手言和
我们一起干完活
合上眼睛，命中注定的一切
此刻我们心满意足地接受。

妻子们兴奋地
不停用白围裙
擦手。

这时正当月光普照大地。
我们各自领着
尼罗河、巴比伦或黄河
的孩子　在河流两岸
在群蜂飞舞的岛屿或平原
洗了手
准备吃饭。

就让我这样把你们包括进来吧
让我这样说
月亮并不忧伤
月亮下
一共有两个人

穷人和富人
纽约和耶路撒冷
还有我
我们三个人
一同梦到了城市外面的麦地
白杨树围住的
健康的麦地
健康的麦子
养我性命的麦子！

      1985. 6

十四行：夜晚的月亮

推开树林
太阳把血
放入灯盏

我静静坐在
人的村庄
人居住的地方

一切都和本原一样
一切都存入
人的世世代代的脸。
一切不幸

我仿佛
一口祖先们
向后代挖掘的井。
一切不幸都源于我幽深而神秘的水。

1985．6．19

房　　屋

你在早上
碰落的第一滴露水
肯定和你的爱人有关
你在中午饮马
在一枝青丫下稍立片刻
也和她有关
你在暮色中
坐在屋子里，不动
还是与她有关

你不要不承认

巨日消隐，泥沙相合，狂风奔起
那雨天雨地哭得有情有意
而爱情房屋温情地坐着
遮蔽母亲也遮蔽儿子

遮蔽你也遮蔽我。

1985

打　　钟

打钟的声音里皇帝在恋爱
一支火焰里
皇帝在恋爱

恋爱，印满了红铜兵器的
神秘山谷
又有大鸟扑钟
三丈三尺翅膀
三丈三尺火焰

打钟的声音里皇帝在恋爱
打钟的黄脸汉子
吐了一口鲜血
打钟，打钟
一只神秘生物
头举黄金王冠
走于大野中央

"我是你爱人
我是你敌人的女儿
我是义军的女首领
对着铜镜
反复梦见火焰"

钟声就是这支火焰
在众人的包围中
苦心的皇帝在恋爱

1985

春　　天

你迎面走来
冰消雪融
你迎面走来
大地微微颤栗

大地微微颤栗
曾经饱经忧患
在这个节日里
你为什么更加惆怅

野花是一夜喜筵的酒杯
野花是一夜喜筵的新娘
野花是我包容新娘
的彩色屋顶

白雪抱你远去
全凭风声默默流逝

春天啊
春天是我的品质

1985（?）

哑 脊 背

一个穿雨衣的陌生人
来到这座干旱已久的城

(阳光下
他水国的口音很重)

这里的日头直射
人们的脊背

只有夜晚
月亮吸住面孔

月亮也是古诗中
一座旧矿山

只有一个穿雨衣的陌生人
来到这座干旱已久的城

在众人的脊背上
看出了，水涨潮看到了黄河波浪

只有解缆者
又咸又腥

1985

明天醒来我会在哪一只鞋子里

我想我已经够小心翼翼的
我的脚趾正好十个
我的手指正好十个
我生下来时哭几声
我死去时别人又哭
我不声不响的
带来自己这个包袱
尽管我不喜爱自己
但我还是悄悄打开

我在黄昏时坐在地球上
我这样说并不表明晚上
我就不在地球上　早上同样
地球在你屁股下
结结实实
老不死的地球你好

或者我干脆就是树枝

我以前睡在黑暗的壳里
我的脑袋就是我的边疆
就是一颗梨
在我成形之前
我是知冷知热的白花

或者我的脑袋是一只猫
安放在肩膀上
造我的女主人荷月远去
成群的阳光照着大猫小猫
我的呼吸
一直在证明
树叶飘飘

我不能放弃幸福
或相反
我以痛苦为生
埋葬半截
来到村口或山上
我盯住人们死看：
呀，生硬的黄土　人丁兴旺

1985

九　月

目击众神死亡的草原上野花一片
远在远方的风比远方更远
我的琴声呜咽　泪水全无
我把这远方的远归还草原
一个叫木头　一个叫马尾
我的琴声呜咽　泪水全无

远方只有在死亡中凝聚野花一片
明月如镜　高悬草原　映照千年岁月
我的琴声呜咽　泪水全无
只身打马过草原

　　　　　　　　　　　1986

九 月 的 云

九月的云
展开殓布

九月的云
晴朗的云

被迫在盘子上,我
刻下诗句和云

我爱这美丽的云

水上有光
河水向前

我一向言语滔滔
我爱着美丽的云

1986

给　母　亲（组诗）

1 风

风很美　果实也美
小小的风很美
自然界的乳房也美

水很美　水啊
无人和你
说话的时刻很美

你家中破旧的门
遮住的贫穷很美

风　吹遍草原
马的骨头　绿了

2 泉　水

泉水　泉水

生物的嘴唇

蓝色的母亲

用肉体

用野花的琴

盖住岩石

盖住骨头和酒杯

3 云

母亲

老了，垂下白发

母亲你去休息吧

山坡上伏着安静的儿子

就像山腰安静的水

流着天空

我歌唱云朵

雨水的姐妹

美丽的求婚

我知道自己颂扬情侣的诗歌没有了用场

我歌唱云朵

我知道自己终究会幸福

和一切圣洁的人

相聚在天堂

4 雪

妈妈又坐在家乡的矮凳子上想我
那一只凳子仿佛是我积雪的屋顶

妈妈的屋顶
明天早上
霞光万道
我要看到你
妈妈,妈妈
你面朝谷仓
脚踩黄昏
我知道你日见衰老

5 语言和井

语言的本身
像母亲
总有话说,在河畔
在经验之河的两岸
在现象之河的两岸
花朵像柔美的妻子

倾听的耳朵和诗歌
长满一地
倾听受难的水

水落在远方

1984—1986

大　自　然

让我来告诉你
她是一位美丽结实的女子
蓝色小鱼是她的水罐
也是她脱下的服装
她会用肉体爱你
在民歌中久久地爱你

你上上下下瞧着
你有时摸到了她的身子
你坐在圆木头上亲她
每一片木叶都是她的嘴唇
但你看不见她
你仍然看不见她

她仍在远处爱着你

1986（？）

我请求：雨

我请求熄灭
生铁的光、爱人的光和阳光
我请求下雨
我请求
在夜里死去

我请求在早上
你碰见
埋我的人

岁月的尘埃无边
秋天
我请求：
下一场雨
洗清我的骨头

我的眼睛合上
我请求：

雨
雨是一生过错
雨是悲欢离合

      1986（？）

村　　庄

村庄，在五谷丰盛的村庄，我安顿下来
我顺手摸到的东西越少越好！
珍惜黄昏的村庄，珍惜雨水的村庄
万里无云如同我永恒的悲伤

1986

肉　　体 (之一)

在甜蜜果仓中
一枚松鼠肉体般甜蜜的雨水
穿越了天空　蓝色
的羽翼

光芒四射

并且在我的肉体中
停顿了片刻

落到我的床脚
在我手能摸到的地方
床脚变成果园温暖的树桩

它们抬起我
在一只飞越山梁的大鸟
我看见了自己
一枚松鼠肉体

般甜蜜的雨水

在我的肉体中停顿
了片刻

     1986. 6

天　　鹅

夜里,我听见远处天鹅飞越桥梁的声音
我身体里的河水
呼应着她们

当她们飞越生日的泥土、黄昏的泥土
有一只天鹅受伤
其实只有美丽吹动的风才知道
她已受伤。她仍在飞行

而我身体里的河水却很沉重
就像房屋上挂着的门扇一样沉重
当她们飞过一座远方的桥梁
我不能用优美的飞行来呼应她们

当她们像大雪飞过墓地
大雪中却没有路通向我的房门
——身体没有门——只有手指
竖在墓地,如同十根冻伤的蜡烛

在我的泥土上
在生日的泥土上
有一只天鹅受伤
正如民歌手所唱

      1986（?）

让我把脚丫搁在黄昏中
一位木匠的工具箱上

我坐在中午,苍白如同水中的鸟
苍白如同一位户内的木匠。
在我钉成一支十字木头的时刻
在我自己故乡的门前
对面屋顶的鸟
有一只苍老而死。

是谁说,寂静的水中,我遇见了这只苍老的鸟

就让我歇脚在马厩之中,
如果不是因为时辰不好,
我记得自己来自一个更美好的地方。
让我把脚丫搁在黄昏中一位木匠的工具箱上。
或者让我的脚丫在木匠家中长成一段白木
正当鸽子或者水中的鸟穿行于未婚妻的腹部
我被木匠锯子锯开,做成木匠儿子
的摇篮。十字架

1986. 6. 15

给 卡 夫 卡

——囚徒核桃的双脚

在冬天放火的囚徒
无疑非常需要温暖
这是亲如母亲的火光
当他被身后的几十根玉米砸倒
在地,这无疑又是
富农的田地

当他想到天空
无疑还是被太阳烧得一干二净
这太阳低下头来,这脚镣明亮
无疑还是自己的双脚,如同核桃
埋在故乡的钢铁里
工程师的钢铁里

1986. 6. 16

从六月到十月

六月积水的妇人,囤积月光的妇人
七月的妇人,贩卖棉花的妇人
八月的树下
洗耳朵的妇人
我听见对面窗户里
九月订婚的妇人
订婚的戒指
像口袋里潮湿的小鸡
十月的妇人则在婚礼上
吹熄盘中的火光,一扇扇漆黑的木门
飘落在草原上

1986. 6. 19

肉　　体 (之二)

肉体美丽
肉体是树林中
唯一活着的肉体
肉体美丽

肉体,远离其他的财宝
远离其他的神秘兄弟

肉体独自站立
看见了鸟和鱼

肉体睡在河水两岸
雨和森林的新娘
睡在河水两岸

垂着谷子的大地上
太阳的肉体
一升一落,照耀四方

像寂静的
节日的
财宝和村庄
照耀

只有肉体美丽

野花,太阳明亮的女
河川和忧愁的妻子
感激肉体来临
感激灵魂有所附丽
(肉体是野花的琴
盖住骨骼的酒杯)

感激我自己沉重的骨骼
也能做梦

肉体是河流的梦
肉体看见了采茴香的人迎着泉水。

肉体美丽
肉体是树林中
唯一活着的肉体
死在树林里

迎着墓地
肉体美丽

1986

浑　　曲

妹呀

竹子胎中的儿子
木头胎中的儿子
就是你满头秀发的新郎

妹呀

晴天的儿子
雨天的儿子
就是滚遍你身体的新娘

妹呀

吐出香鱼的嘴唇
航海人花园一样的嘴唇
就是咬住你的嘴唇

1986（?）

莫扎特在《安魂曲》中说

我所能看见的妇女
水中的妇女
请在麦地之中
清理好我的骨头
如一束芦花的骨头
把它装在琴箱里带回

我所能看见的
洁净的妇女,河流
上的妇女
请把手伸到麦地之中

当我没有希望
坐在一束麦子上回家
请整理好我那零乱的骨头
放入那暗红色的小木柜。带回它
像带回你们富裕的嫁妆

1986(?)

梭罗这人有脑子

1

梭罗这人有脑子
像鱼有水、鸟有翅
云彩有天空

2

好在这人不是女性
否则会有一对
洁白的冬熊
摇摇晃晃上路
靠近他乳房
凑上嘴唇

3

梭罗这人有脑子
梭罗手头没有别的

抓住了一根棒木
那木棍揍了我
狠狠揍了我
像春天揍了我

4

梭罗这人有脑子
看见湖泊就高兴

5

梭罗这人有脑子
用鸟巢做邮筒
两封信同时飞到
还生下许多小信
羽毛翩跹

6

梭罗这人有脑子
不言不语让东窗天亮西窗天黑
其实他哪有窗子

梭罗这人有脑子
不言不语又做男人又做女人
其实生下的儿子还是他自己

7

灯火的屋中
梭罗的盔
——一卷荷马

这人有脑子
以雪代马
渡我过水

8

梭罗这人有脑子
月亮照着他的鼻子

9

那个抒情的鼻子
靠近他的脑子
靠近他深如树林的眼睛

靠近他饮水的唇
　（愿饮得更深）

构成脑袋
或者叫头

10

白天和黑夜
像一白一黑
两只寂静的猫
睡在你肩头

你倒在林间路途上

让床在木屋中生病
梭罗这人有脑子
让野花结成果子

11

梭罗这人有脑子
像鱼有水、鸟有翅
云彩有天空

梭罗这人就是
我的云彩，四方邻国
的云彩，安静
在豆田之西
我的草帽上

12

太阳，我种的
豆子，凑上嘴唇
我放水过河

梭罗这人有脑子

梭罗的盔
——一卷荷马

1986．8．15

八 月 尾

即使我是一个粗枝大叶的人
我也看见了红豹子、绿豹子

当流水淙淙
八月的泉水
穿越了山冈
月亮是红豹子
树林是绿豹子
少女是你们俩
生下的花豹子

即使我是一个粗枝大叶的人
少女,树林中
你也藏不住了

八月尾,树林绿,月亮红
不久我将看到树叶落下
栗树底下

脊背上挂着鹌鹑的
少女，无论如何
粗枝大叶的人
看见你啦

      1986．8．20．夜

感　　动

早晨是一只花鹿
踩到我额上
世界多么好
山洞里的野花
顺着我的身子
一直烧到天亮
一直烧到洞外
世界多么好

而夜晚，那只花鹿
的主人，早已走入
土地深处，背靠树根
在转移一些
你根本无法看见的幸福
野花从地下
一直烧到地面

野花烧到你脸上

把你烧伤
世界多么好
早晨是山洞中
一只踩人的花鹿

      1986

在昌平的孤独

孤独是一只鱼筐
是鱼筐中的泉水
放在泉水中

孤独是泉水中睡着的鹿王
梦见的猎鹿人
就是那用鱼筐提水的人

以及其他的孤独
是柏木之舟中的两个儿子
和所有女儿,围着诗经桑麻沅湘木叶
在爱情中失败
他们是鱼筐中的火苗
沉到水底

拉到岸上还是一只鱼筐
孤独不可言说

1986

死亡之诗(之一)

漆黑的夜里有一种笑声笑断我坟墓的木板
你可知道。这是一片埋葬老虎的土地

正当水面上渡过一只火红的老虎
你的笑声使河流漂浮
的老虎
断了两根骨头
正在这条河流开始在存有笑声的黑夜里结冰
断腿的老虎顺河而下,来到我的
窗前。

一块埋葬老虎的木板
被一种笑声笑断两截

1986(?)

抱着白虎走过海洋

倾向于宏伟的母亲
抱着白虎走过海洋

陆地上有堂屋五间
一只病床卧于故乡

倾向于故乡的母亲
抱着白虎走过海洋

扶病而出的儿子们
开门望见了血太阳

倾向于太阳的母亲
抱着白虎走过海洋

左边的侍女是生命
右边的侍女是死亡

倾向于死亡的母亲
抱着白虎走过海洋

1986

谣　　曲

之　一

你是我的哥哥你招一招手
你不是我的哥哥你走你的路

小灯，小灯，抬起他埋下的眼睛

你的树丛大而黑
你的辕马不安宁
你的嘴唇有野蜜
你是丈夫——还是兄弟

小灯，小灯，抬起他埋下的眼睛

你是我的哥哥你招一招手
你不是我的哥哥你走你的路

之　二

白鸽，白鸽
扎好我的头巾
风吹着你们的身子
像吹我白色头巾

白鸽白鸽你别说
美丽的脑袋小太阳
到了黑夜变月亮
白鸽白鸽你别说

之　三

南风吹木
吹出花果
我要亲你
花果咬破

之　四

月亮月亮慢慢亮
照着一只木头床

河流河流快快流
渡过我的心头肉

白马过河一片白
黑马过河一片黑
这一条河流
总是心头的河流

白马过河是月圆
黑马过河是月残
这一只月亮
总是床头的月亮

1986. 8

草　原　上

在赤裸的高高的草原上
我相信这一切：
我的脚，一颗牝马的心
两道犁沟，大麦和露水
在那高高的草原上，白云浮动
我相信天才，耐心和长寿
我相信有人正慢慢地艰难地爱上我
别的人不会，除非是你
我俩一见钟情
在那高高的草原上
赤裸的草原上
我相信这一切
我相信我俩一见钟情

1986．8．25

海子小夜曲

以前的夜里我们静静地坐着
我们双膝如木
我们支起了耳朵
我们听得见平原上的水和诗歌
这是我们自己的平原、夜晚和诗歌

如今只剩下我一个
只有我一个双膝如木
只有我一个支起了耳朵
只有我一个听得见平原上的水
　　诗歌中的水
在这个下雨的夜晚
如今只剩下我一个
为你写着诗歌
这是我们共同的平原和水
这是我们共同的夜晚和诗歌

是谁这么说过　海子

要走了 要到处看看
我们曾在这儿坐过

      1986.8

我 感 到 魅 惑

天上的音乐不会是手指所动
手指本是四肢安排的花豆
我的身子是一份甜蜜的田亩

我感到魅惑
我就想在这条魅惑之河上渡过我自己
我的身子上还有拔不出的春天的钉子

我感到魅惑
美丽女儿，一流到底
水儿仍旧从高向低

坐在三条白蛇编成的篮子里
我有三次渡过这条河
我感到流水滑过我的四肢
一只美丽鱼婆做成我缄默嘴唇

我看见，风中飘过的女人

在水中产下卵来
一片霞光中露出来的长长的卵

我感到魅惑
满脸草绿的牛儿
倒在我那牧场的门厅

我感到魅惑
有一种蜂箱正沿河送来
蜂箱在睡梦中张开许多鼻孔

有一只美丽的鸟面对树枝而坐
我感到魅惑

我感到魅惑
小人儿,既然我们相爱
我们为什么还在河畔拔柳哭泣

1986.9

给 B 的生日

天亮我梦见你的生日
好像羊羔滚向东方
——那太阳升起的地方

黄昏我梦见我的死亡
好像羊羔滚向西方
——那太阳落下的地方

秋天来到，一切难忘
好像两只羊羔在途中相遇
在运送太阳的途中相遇
碰碰鼻子和嘴唇
——那友爱的地方
那秋风吹凉的地方
那片我曾经吻过的地方

1986. 9. 10

怅望祁连 (之一)

那些是在过去死去的马匹
在明天死去的马匹
因为我的存在
它们在今天不死
它们在今天的湖泊里饮水食盐。

天空上的大鸟
从一颗樱桃
或马骷髅中
射下雪来。
于是马匹无比安静
这是我的马匹
它们只在今天的湖泊里饮水食盐

1986

怅望祁连（之二）

星宿　刀　乳房
这就是雪山上流下来的东西
　"亡我祁连山，使我牛羊不蕃息
　　失我胭脂山，令我妇女无颜色"
只有黑色牲畜的尾巴
鸟的尾巴
鱼的尾巴
儿子们脱落的尾巴
像七种蓝星下
插在屁股上的麦芒
风中拂动
雪水中波动。

1986

七 月 不 远

——给青海湖，请熄灭我的爱情

七月不远
性别的诞生不远
爱情不远——马鼻子下
湖泊含盐

因此青海不远
湖畔一捆捆蜂箱
使我显得凄凄迷人：
青草开满鲜花。

青海湖上
我的孤独如天堂的马匹
（因此，天堂的马匹不远）

我就是那个情种：诗中吟唱的野花
天堂的马肚子里唯一含毒的野花
（青海湖，请熄灭我的爱情！）

野花青梗不远，医箱内古老姓氏不远
(其他的浪子，治好了疾病
已回原籍，我这就想去见你们)

因此跋山涉水死亡不远
骨骼挂遍我身体
如同蓝色水上的树枝

啊，青海湖，暮色苍茫的水面
一切如在眼前！

只有五月生命的鸟群早已飞去
只有饮我宝石的头一只鸟早已飞去
只剩下青海湖，这宝石的尸体
　　　　暮色苍茫的水面

1986

敦　　煌

敦煌石窟
像马肚子下
挂着一只只木桶
乳汁的声音滴破耳朵——
像远方草原上撕破耳朵的人
来到这最后的山谷
他撕破的耳朵上
悬挂着花朵

敦煌是千年以前
起了大火的森林
在陌生的山谷
是最后的桑林——我交换
食盐和粮食的地方
我筑下岩洞，在死亡之前，画上你
最后一个美男子的形象
为了一只母松鼠

为了一只母蜜蜂
为了让她们在春天再次怀孕

1986

给托尔斯泰

我想起你如一位俄国农妇暴跳如雷
补一只旧鞋的
手
时时停顿
这手掌混同于
兵士的臭脚、马肉和盐
你的灰色头颅一闪而过
教堂的裸麦中央
北方流注的河流马的脾气暴跳如雷
胸膛上面排排旧俄的栅栏暴跳如雷
低矮的天空、灯火和农妇暴跳如雷

吹灭云朵
吹灭火焰
吹灭灯盏
吹灭一切妓女
和善良女人的
嘴唇

你可以耕地，补补旧鞋
你可以爱他人，读读福音书
我记得陈旧的河谷端坐老人
端坐暴跳如雷的老人

      1985.12；1986.12

云　朵

西藏村庄
神秘的村庄
忧伤的村庄
你躺倒在路上
你不姓李也不姓王
你嫁给的男人
脾气怎么样
神秘的村庄
忧伤的村庄
你生了几个儿子
有哪些闺女已嫁到远方
神秘的村庄
忧伤的村庄

当经幡吹响
你多像无人居住的村庄
当经幡五颜六色如我受伤的头发迎风飘扬
你多像无人居住的村庄

当藏族老乡亲在屋顶下酣睡
你多像无人居住的村庄
像周围的土墙画满慈祥的佛像
你多像无人居住的村庄

1986.12.15

黄 金 草 原

草原上的羊群
在水泊上照亮了自己
像白色温柔的灯
睡在男人怀抱中

而牧羊人来自黄金草原
头颅像一颗树根
把羊抱进谷仓里
然后面对黄金和酒杯
称呼你为女人

女人,我知心的朋友
风吹来风吹去
你如星的名字
或者羊肉的腥

你在山崖下睡眠
七只绵羊七颗星辰

你含在我口中似雪未化
你是天空上的羊群

1986（?）

北斗七星　七座村庄
——献给萍水相逢的额济纳姑娘

村庄，水上运来的房梁　漂泊不定
还有十天　我就要结束漂泊的生涯
回到五谷丰盛的村庄　废弃果园的村庄
村庄　是沙漠深处你所居住的地方　额济纳！

秋天的风早早地吹　秋天的风高高地吹
静静面对额济纳
白杨树下我吹灭你的两只眼睛
额济纳　大沙漠上静静地睡

额济纳姑娘　我黑而秀美的姑娘
你的嘴唇在诉说　在歌唱
五谷的风儿吹过骆驼和牛羊
翻过沙漠，你是镇子上最令人难忘的姑娘

1986

不　　幸

四月的日子　最好的日子
和十月的日子　最好的日子
比四月更好的日子
像两匹马　拉着一辆车
把我拉向医院的病床
和不幸的病痛

有一座绿色悬崖倒在牧羊人怀中
两匹马
在山上飞

两匹马
白马和红马
积雪和枫叶
犹如姐妹
犹如两种病痛
的鲜花。

1986（?）

泪　　水

最后的山顶树叶渐红
群山似穷孩子的灰马和白马
在十月的最后一夜
倒在血泊中。

在十月的最后一夜
穷孩子夜里提灯还家　泪流满面
一切死于中途　在远离故乡的小镇上
在十月的最后一夜

背靠酒馆白墙的那个人
问起家乡的豆子地里埋葬的人
在十月的最后一夜
问起白马和灰马为谁而死……鲜血殷红

他们的主人是否提灯还家
秋天之魂是否陪伴着他
他们是否都是死人

都在阴间的道路上疯狂奔驰

是否此魂替我打开窗户
替我扔出一本破旧的诗集
在十月的最后一夜
我从此不再写你。

1986（?）

九首诗的村庄

秋夜美丽
使我旧情难忘
我坐在微温的地上
陪伴粮食和水
九首过去的旧诗
像九座美丽的秋天下的村庄
使我旧情难忘

大地在耕种
一语不发,住在家乡
像水滴、丰收或失败
住在我心上。

1986(?)

黎明　一首小诗

黎明
我挣脱
一只陶罐
或大地的边缘

我的双手　向着河流飞翔
我挣脱一只刻划麦穗的陶罐　太阳
我看见自己的面容　火焰
在黎明的风中飘忽不定

我看见自己的面容
火焰　像一片升上天空的大海
像静静的天马
向着河流飞翔

1986（?）

冬 天 的 雨

一只船停在荒凉的河岸
那就是你居住的城市
我的外套肮脏　扔在河岸上
我的心情开始平静而开朗

河水上面还是山冈
许多年前冒起了白烟
部落来到这里安下了铁锅
在潮湿的天气里
我的心情开始平静而开朗
这不是别人的街头，也不是我梦中的景色
街头上卖艺人收起了他彩色的帐篷

冬天的雨下在石头上
翻过山梁仍旧是冬天的雨
打一只火把走到船外去看山头的麦地
然后在神像前把火把熄灭
我们沉默地靠在一起

你是一个仙女,是冬天潮湿的石头
你的外表是一把雨伞
你躲在伞中像拒绝天地的石头
你的黑发披散在冬天的雨中
混同于那些明媚的两省交界的姑娘
在大山的边缘,山顶的雪已隐然远去
像那些在大河上凝固的白帆
我摘下你的头巾,走到你的麦地
这里的粮食虽然是潮湿的
仍然是山顶的粮食

野兽在雨中说过的话,我们还要再说一遍
我们在火把中把野兽说过的话重复一遍
我看见一个铁匠的火屑飞溅
我看到一条肮脏的河流奔向大海,越来越清澈,
　平静而广阔
这都是你的赐予,你手提马灯,手握着艾
平静得像一个夜里的水仙
你的黑发披散着盖住了我的胸脯
我将我那随身携带的弓箭挂到墙上
那弓箭我随身携带了一万年

我的河流这时平静而广阔
容得下多少小溪的混浊

我看见你提着水罐举向我的胸脯
我足够喂养你的嘴唇和你的羊群

我在冬天的雨中奔腾,我的胸脯上藏有明天早
　晨
明天早晨我的两腿画满了野兽和村落
有的跳跃着,用翅膀用肉体生活
有的死于我的弓箭,长眠不醒

1987. 1. 11. 达县

雨

打一只火把走到船外去看山头被雨淋湿的麦地
又弱又小的麦子!

然后在神像前把火把熄灭
我们沉默地靠在一起
你是一个仙女,住在庄园的深处

月亮　你寒冷的火焰　你雨衣中裸体少女依然
　新鲜

今天夜晚的火焰穿戴得像一朵鲜花
在南方的天空上游泳
在夜里游泳　越过我的头顶

高地的小村庄又小又贫穷
像一棵麦子
像一把伞
伞中裸体少女沉默不语

贫穷孤独的少女　像女王一样　住在一把伞中
阳光和雨水只能给你尘土和泥泞
你在伞中，躲开一切
拒绝泪水和回忆

1987（?）

雨　　鞋

我的双脚在你之中
就像火走在柴中

雨鞋和羊和书一起塞进我的柜子
我自己被塞进像框，挂在故乡
那粘土和石头的房子，房子里用木生火
潮湿的木条上冒着烟
我把撕碎的诗稿和被雨打湿
改变了字迹的潮湿的书信
卷起来，这些灰色的信
我没有再读一遍
普希金将她们和拖鞋一起投进壁炉
我则把这些温暖的灰烬
把这些信塞进一双小雨鞋
让她们沉睡千年
梦见洪水和大雨

1987. 1. 12. 达县

献　　　诗
——给 S

谁在美丽的早晨
谁在这一首诗中

谁在美丽的火中　飞行
并对我有无限的赠予

谁在炊烟散尽的村庄
谁在晴朗的高空

天上的白云
是谁的伴侣

谁身体黑如夜晚　两翼雪白
在思念　在鸣叫

谁在美丽的早晨
谁在这一首诗中

1987．2．11

美丽白杨树

灵魂像山腰或山顶四只恼人的蹄子
移动步履,幻变无常的人类
可还记得白色的杨树　平静而美丽

可还记得　一阵雷声　自远方滚来
高高的天空回荡天堂的声响

幻变无常的人类　可还记得
闪电和雨水中的　白色杨树

在你的河岸上　女人　月亮　马　匆匆而去
四只蹄子在你的河岸上
拥有一间雪中的屋子　婚姻　或一面镜子
这就是大地上你全部的居所

难忘有一日歇脚白杨树下
白色美丽的树!
在黄金和允诺的地上

陪伴花朵和诗歌　静静地开放　安详地死亡

美丽的白杨树　这是一位无名的诗人
使女儿惊讶　而后长成幸福的主妇　不免终老
　于斯
这是一位无名的诗人使女儿惊讶
美丽的白杨树
这多像弟弟和父亲对她们的忠实。

1987．5．7

给 安 庆

五岁的黎明
五岁的马
你面朝江水
坐下。

四处漂泊
向不谙世事的少女
向安庆城中心神不定的姨妹
打听你。谈论你

可能是妹妹
也可能是姐姐
可能是姻缘
也可能是友情。

1987

两 座 村 庄

和平与情欲的村庄
诗的村庄
村庄母亲昙花一现
村庄母亲美丽绝伦

五月的麦地上　天鹅的村庄
沉默孤独的村庄
一个在前一个在后
这就是普希金和我　诞生的地方

风吹在村庄
风吹在海子的村庄
风吹在村庄的风上
有一阵新鲜有一阵久远

北方星光照映南国星座
村庄母亲怀中的普希金和我
闺女和鱼群的诗人　安睡在雨滴中

是雨滴就会死亡!

夜里风大　听风吹在村庄
村庄静坐　像黑漆漆的财宝
两座村庄隔河而睡
海子的村庄睡得更沉

1987. 2；1987. 5

重建家园

在水上　放弃智慧
停止仰望长空
为了生存你要流下屈辱的泪水
来浇灌家园

生存无须洞察
大地自己呈现
用幸福也用痛苦
来重建家乡的屋顶

放弃沉思和智慧
如果不能带来麦粒
请对诚实的大地
保持缄默　和你那幽暗的本性

风吹炊烟
果园就在我身旁静静叫喊
"双手劳动
慰藉心灵"

1987

麦地与诗人

询　问

在青麦地上跑着
雪和太阳的光芒

诗人，你无力偿还
麦地和光芒的情义

一种愿望
一种善良
你无力偿还

你无力偿还
一颗放射光芒的星辰
在你头顶寂寞燃烧

答　复

麦地

别人看见你
觉得你温暖，美丽
我则站在你痛苦质问的中心
　　　被你灼伤
我站在太阳　痛苦的芒上

麦地
神秘的质问者啊

当我痛苦地站在你的面前
你不能说我一无所有
你不能说我两手空空

麦地啊，人类的痛苦
是他放射的诗歌和光芒！

1987

五月的麦地

全世界的兄弟们
要在麦地里拥抱
东方,南方,北方和西方
麦地里的四兄弟,好兄弟
回顾往昔
背诵各自的诗歌
要在麦地里拥抱

有时我孤独一人坐下
在五月的麦地　梦想众兄弟
看到家乡的卵石滚满了河滩
黄昏常存弧形的天空
让大地上布满哀伤的村庄
有时我孤独一人坐在麦地为众兄弟背诵中国诗
　　歌
没有了眼睛也没有了嘴唇

1987.5

长发飞舞的姑娘

（五月之歌）

玫瑰谢了，玫瑰谢了
如早嫁的姐妹漂落，漂落四方
我红色的姐姐，我白色的妹妹
大地和水挽留了她们　　熄灭了她们
她们黯然熄灭，永远沉默却是为何？
姐妹们，你们能否告诉我
你们永久的沉默是为了什么

长发飞舞的黑眼睛姑娘
不像我的姐姐　　也不像妹妹
不似早嫁的姐妹迟迟不归

如今我坐在街镇的一角
为你歌唱，远离了五谷丰盛的村庄

1987．5

幸福的一日　致秋天的花楸树

我无限热爱着新的一日
今天的太阳　今天的马　今天的花楸树
使我健康　富足　拥有一生

从黎明到黄昏
阳光充足
胜过一切过去的诗
幸福找到我
幸福说："瞧　这个诗人
他比我本人还要幸福。"

在劈开了我的秋天
在劈开了我的骨头的秋天
我爱你，花楸树

1987

北方的树林

槐树在山脚开花
我们一路走来
躺在山坡上　感受茫茫黄昏
远山像幻觉　默默停留一会

摘下槐花
槐花在手中放出香味
香味　来自大地无尽的忧伤
大地孑然一身　至今仍孑然一身

这是一个北方暮春的黄昏
白杨萧萧　草木葱茏
淡红色云朵在最后静止不动
看见了饱含香脂的松树

是啊，山上只有槐树　杨树和松树
我们坐下　感受茫茫黄昏

莫非这就是你我的黄昏
麦田吹来微风　顷刻沉入黑暗

1987.5

夜晚　亲爱的朋友

在什么树林，你酒瓶倒倾
你和泪饮酒，在什么树林，把亲人埋葬

在什么河岸，你最寂寞
搬进了空荡的房屋，你最寂寞，点亮灯火

什么季节，你最惆怅
放下了忙乱的箩筐
大地茫茫，河水流淌
是什么人掌灯，把你照亮

哪辆马车，载你而去，奔向远方
奔向远方，你去而不返，是哪辆马车

1987．5．20．黄昏

晨 雨 时 光

小马在草坡上一跳一跳
这青色麦地晚风吹拂
在这个时刻　我没有想到
五盏灯竟会同时亮起

青麦地像马的仪态　随风吹拂
五盏灯竟会一盏一盏的熄灭

往后　雨会下到深夜　下到清晨
天色微明
山梁上定会空无一人

不能携上路程
当众人齐集河畔　空声歌唱生活
我定会孤独返回空无一人的山峦

1987．5．24

为什么你不生活在沙漠上

为什么你不生活在沙漠上
英雄的可怜而可爱的伴侣
我那唯一的人在何方?
用酒调着火所能留下的灰　写下几首诗?

我的形象开始上升
主宰着你的心灵!
孤独守候着
一个健康的声音!

绝望之神　你在何方?
为什么你不生活在沙漠上!
我是谁手里磨刀的石块?
我为何要把赤子带进海洋

海子躺在地上
天空上
海子的两朵云

说：

你要把事业留给兄弟　留给战友
你要把爱情留给姐妹　留给爱人
你要把孤独留给海子　留给自己

    1987. 5. 27. 夜书

诗人叶赛宁（组诗）

1 诞 生

星日朗朗
野花的村庄
湖水荡漾
野花！
生下诗人

湖水在怀孕
在怀孕
一对蓓蕾
野花的小手在怀孕
生下诗人叶赛宁

野花的村庄漆黑
如同无人居住
野花，我的村庄公主
安坐痛苦的北方

生下诗人

谁家的窗户
灯火明亮
是野花,一只安详燃烧的灯
坐在泥土的灯台上
生下诗人叶赛宁

2 乡村的云

乡村的云
故乡
你们俩是
水上的一对孩子。

云朵的门啊,请为幸福的人们打开
请为幸福
和山坡上无处躲藏的忧伤的眼睛
打开!

3 少 女

少女
头枕斧头和水

安然睡去
一个春天
一朵花
一片海滩　一片田园

少女
一根伐自上帝
美丽的枝条

少女
月亮的马
两颗水滴
对称的乳房

4　诗人叶赛宁

我是中国诗人
稻谷的儿子
茶花的女儿
也是欧罗巴诗人
儿子叫意大利
女儿叫波兰
我饱经忧患
一贫如洗

昨日行走流浪
来到波斯酒馆
别人叫我
诗人叶赛宁
浪子叶赛宁
叶赛宁
俄罗斯的嘴唇
梁赞的屋顶
黄昏的面容
农民的心
一颗农民的心
坐在酒馆
像坐在一滴酒中
坐在一滴水中
坐在一滴血中
仙鹤飞走了
桌子抬走了
尸体抬走了
屋里安坐着忧郁的诗人
仍然安坐着诗人叶赛宁
叶赛宁
不曾料到又一次
春回大地
大地是我死后爱上的女人

大地啊
美丽的是你
丑陋的是我
诗人叶赛宁
在大地中
死而复生

5 玉 米 地

微风吹过这座小小的山冈
玉米地里棵棵玉米又瘦又小
我浇水　看着这些小小的可爱又瘦小的叶子
青青杨树叶子喧响在那一头
太阳远远的燃烧
落入一座空空的山谷

树叶是采自诸神的枪枝和婚床
圆形盾牌镌刻着无知的文字

6 酗 酒 之 一（略）

7 酗 酒 之 二（略）

8 醉卧故乡

故乡的夜晚醉倒在地
在蓝色的月光下
飞翔的是我
感觉到心脏,一颗光芒四射的星辰
醉倒在地,头举着王冠
头举着五月的麦地
举着故乡晕眩的屋顶
或者星空,醉倒在大地上!
大地,你先我而醉
你阴郁的面容先我而醉
我要扶住你
大地!

我醉了
我是醉了
我称山为兄弟、水为姐妹、树林是情人
我有夜难眠,有花难戴
满腹话儿无处诉说
只有碰破头颅
霞光落在四邻屋顶
我的双脚踏在故乡的路上变成亲人的双脚

一路蹒跚在黄昏　升上南国星座
双手飞舞，口中喃喃不绝
我在飞翔
急促而深情的
飞翔的是我的心脏
我感觉要坐稳在自己身上
故乡，一个姓名
一句
美丽的诗行
故乡的夜晚醉倒在地

9　浪子旅程

我是浪子
我戴着水浪的帽子
我戴着漂泊的屋顶
灯火吹灭我
家乡赶走我
来到酒馆和城市

我本是农家子弟
我本应该成为
迷雾退去的河岸上
年轻的乡村教师

从教会师院毕业后
在一个黎明
和一位纯朴的农家少女
一起陷入情网
但为什么
我来到了酒馆
和城市

虽然我曾与母牛狗仔同歇在
露西亚天国
虽然我在故乡的山冈
曾与一个哑巴
互换歌唱
虽然我二十年不吱一声
爱着你,母亲和外祖父
我仍下到酒馆——俄罗斯船舱底层
啜泣酒杯的边缘
为不幸而凶狠的人们
朗诵放荡疯狂的诗

我要还家
我要转回故乡,头上插满鲜花
我要在故乡的天空下
沉默寡言或大声谈吐

我要在头上插满故乡的鲜花

10　绝　命

此刻在美丽的小镇上
苦荞麦儿香
说声分手吧
和另一位叶赛宁　双手紧紧握住

点着烛火，烧掉旧诗
说声分手吧
分开编过少女秀发的十指
秀发像五月的麦苗　曾轻轻含在嘴里

和另一位叶赛宁分手
用剥过蛇皮蒙上鼓面的人类之手
自杀身亡。为了美丽歌谣的神奇鼓面
蛇皮鼓啊如今你在村中已是泪水灯笼

说声分手吧　松开埋葬自己的十指
把自己在诗篇中埋葬
此刻在美丽的小镇上
不会有苦荞麦儿香

11 天　才

轻雷滚过的风中
白杨树梢在摇动
在这个黄昏
我想到天才的命运

在此刻我想起你梵高和韩波
那些命中注定的天才
一言不发
心情宁静

那些人
站在月亮中把头颅轻轻摇晃
手持火把，腰围面粉袋
心情宁静

暮色苍茫
永不复返的人哪
在孤寂的空无一人的打谷场上
被三位姐妹苦苦留下。

痛苦的天才们

饥渴难挨

可是河中滴水全无

面粉袋中没有一点面粉

轻雷滚过的风中

死者的鞋子,仍在行走

如车轮,如命运

沾满谷物与盲目的泥土

12 天才的命运(略)

1986. 2—1987. 5

盲 目

——给维特根施坦

那个人躲在山谷里研究刑法。
那个人打扰了语言本身。
打扰了那个俘虏和园丁。

扰乱了谷草的图案
那个人躲在山谷里
研究犯罪与刑罚。

那个人在寒冷草原搬动木桶
那个人牵着骆驼,模仿沉默的园丁
那个人咀嚼谷草犹如牲畜
那个人仿佛就是语言自身的饥饿

多欲的父亲
娶下饱满的母亲
在部落里怀孕
在酒馆里怀孕

在渔船上怀孕
船舱内消瘦的哲学家思索多欲的父亲
是多么懊恼

多欲的父亲　央求家宅存在　门窗齐全
多欲的父亲　在我们身上　如此使我们恼火

(挺矛而上的哲学家
是一个赤裸裸的人)

是我的裸体
骑上时间绿色的群马。
冲向语言在时间中的饥饿和犯罪
那个人躲在山谷里研究刑法。

1987．7．16

给 萨 福

美丽如同花园的女诗人们
相互热爱,坐在谷仓中
用一只嘴唇摘取另一只嘴唇

我听见青年中时时传言道:萨福

一只失群的
钥匙下的绿鹅
一样的名字。盖住
我的杯子

托斯卡尔的美丽的女儿
草药和黎明的女儿
执杯者的女儿

你野花
的名字。
就像蓝色冰块上

淡蓝色水清的溢出

萨福萨福
红色的云缠在头上
嘴唇染红了每一片飞过的鸟儿
你散着身体香味的
鞋带被风吹断
在泥土里

谷仓中的嘤嘤之声
萨福萨福
亲我一下

你装饰额角的诗歌何其甘美
你凋零的棺木像一盘美丽的
棋局

1987（？）

死亡之诗 (之二：采摘葵花)

——给梵高的小叙事：自杀过程

雨夜偷牛的人
爬进了我的窗户
在我做梦的身子上
采摘葵花

我仍在沉睡
在我睡梦的身子上
开放了彩色的葵花
那双采摘的手
仍像葵花田中
美丽笨拙的鸽子。

雨夜偷牛的人
把我从人类
身体中偷走。
我仍在沉睡。
我被带到身体之外

葵花之外。我是世界上
第一头母牛（死的皇后）
我觉得自己很美
我仍在沉睡。

雨夜偷牛的人
于是非常高兴
自己变成了另外的彩色母牛
在我的身体中
兴高采烈地奔跑

1987（？）

土地·忧郁·死亡

黄昏，我流着血污的脉管不能使大羊生殖。
黎明，我仿佛从子宫中升起，如剥皮的兔子摆
　上早餐。
夜晚，我从星辰上坠落，使墓地的群马阉割或
　受孕。
白天，我在河上漂浮的棺材竟拼凑成目前的桥
　梁或婚娶之船。

我的白骨累累是水面上人类残剩的屋顶。
燕子和猴子坐在我荒野的肚子上饮食男女。
我的心脏中楚国王廷面对北方难民默默无言。
全世界人民如今在战争之前粮草齐备。

最后的晚餐那食物径直通过了我们的少女
她们的伤口　她们颅骨中的缝
最后的晚餐端到我们的面前
一道筵席，受孕于人群：我们自己。

1987．8．2—3

十四行：玫瑰花

玫瑰花　蜜一样的身体
玫瑰花园　黑夜一样的头发
覆盖了白雪隆起的乳房

白雪的门　白雪的门外被白雪盖住的两只酒盅
白雪的窗户　白雪的窗内两只火红的玫瑰谷
或两只火红的蜡烛……热情的蜡烛自行燃尽
两只叮当作响的酒盅……热情的酒浆被我啜饮

在秋天我感到了　你的乳房　你的蜜
像夏天的火　春天的风　落在我怀里
像太阳的蜂群落入黑夜的酒浆
像波斯古国的玫瑰花园　使人魂归天堂

肉体却必须永远活在设拉子
——千年如斯
玫瑰花　你蜜一样的身体

1987．8

十四行：王冠

我所热爱的少女
河流的少女
头发变成了树叶
两臂变成了树干

你既然不能做我的妻子
你一定要成为我的王冠
我将和人间的伟大诗人一同佩戴
用你美丽叶子缠绕我的竖琴和箭袋

秋天的屋顶　时间的重量
秋天又苦又香
使石头开花　像一顶王冠

秋天的屋顶又苦又香
空中弥漫着一顶王冠
被劈开的月桂和扁桃的苦香

1987．8．19．夜

十四行：玫瑰花园

明亮的夜晚
我来到玫瑰花园
我脱下诗歌的王冠
和沉重的土地的盔甲

玫瑰花园　　玫瑰花园
我们住在绝色美人的身旁　　仿佛住在月亮上
我们谈论佛光中显出的美丽身影
和雪水浇灌下你的美丽的家园

我们谈到但丁　　和他的永恒的贝亚丽丝
以及天国、通往那儿永恒的天路历程
四川，我诗歌中的玫瑰花园
那儿诞生了你——像一颗早晨的星那样美丽

明亮的夜晚　　多么美丽而明亮
仿佛我们要彻夜谈论玫瑰直到美丽的晨星升起。

1987．8．26

马、火、灰，鼎

有了安慰，马飞来了　甚至有了盐　有了死亡

有了安慰，有了爪子，有了牙　甚至有了故乡
　不缺乏春天
仍然缺少一具多么坚强的骷髅牢牢锁住我　多
　么牢固
我的舞蹈举起一片消费人血的灯
和耗尽什么的头颅　麦芒在煮光了自己之后
只剩下空杆之火　不尽诉说

有了安慰，有了马、火、灰，鼎，甚至有了夜
　夜
仍然缺少鬼魂，死过一次的缺少再次死亡
两姐妹只死了一个，天空却需要她们全部死亡
最好是无人收拾雪白的骨殖　任荒山更加荒芜
　下去
只剩一片沙漠　和　戈壁

有了安慰,而我们是多么缺少绝望
我所在的地方滴水不存,寸草不生,没有任何
　生长

　　　　　　　　　　　　　　　1987(?)

生　　殖

夜间雨从天堂滴落，滴到我的青色眼皮上
那夜的森林之门洞开若火焰咬在大腿上
一只长吻伸过万里动物的湖泊
人类咬紧牙关　音乐历历有声
四月之麦在黎明大雾弥漫中露出群仙般脑壳
雷声中　闪出一万只青蛙
血液的红马车像水　流过石榴和子宫
林子破了
人破口大骂
破门而出的感觉
构筑一个无人停留的小岛

我将告诉这些在生活中感到无限欢乐的人们
他们早已在千年的洞中一面盾上锈迹斑斑

1987（?）

光　　棍

神秘客人那位食玉米担玉米　草筐中埋着牛肝
　的那光棍
在春天用了一把大火
烧光家园　使众人受伤

大家伤心唏嘘不已
穷得叮当响的酒柜上
光棍光芒万丈

老英雄
走上前来
抱住那光棍
坐在黄昏
歌唱江山
布满眼泪

$\qquad\qquad\qquad\qquad\qquad$ 1987（？）

日　　出

——见于一个无比幸福的早晨的日出

在黑暗的尽头
太阳，扶着我站起来
我的身体像一个亲爱的祖国，血液流遍
我是一个完全幸福的人
我再也不会否认
我是一个完全的人我是一个无比幸福的人
我全身的黑暗因太阳升起而解除
我再也不会否认　天堂和国家的壮丽景色
和她的存在……在黑暗的尽头！

1987．8．30．醉后早晨

祖　　国

（或以梦为马）

我要做远方的忠诚的儿子
和物质的短暂情人
和所有以梦为马的诗人一样
我不得不和烈士和小丑走在同一道路上

万人都要将火熄灭　我一人独将此火高高举起
此火为大　开花落英于神圣的祖国
和所有以梦为马的诗人一样
我借此火得度一生的茫茫黑夜

此火为大　祖国的语言和乱石投筑的梁山城寨
以梦为上的敦煌——那七月也会寒冷的骨骼
如雪白的柴和坚硬的条条白雪　横放在众神之山
和所有以梦为马的诗人一样
我投入此火　这三者是囚禁我的灯盏　吐出光辉

万人都要从我刀口走过　去建筑祖国的语言

我甘愿一切从头开始
和所有以梦为马的诗人一样
我也愿将牢底坐穿

众神创造物中只有我最易朽　带着不可抗拒的
　死亡的速度
只有粮食是我珍爱　我将她紧紧抱住　抱住她
　在故乡生儿育女
和所有以梦为马的诗人一样
我也愿将自己埋葬在四周高高的山上　守望平
　静的家园

面对大河我无限惭愧
我年华虚度　空有一身疲倦
和所有以梦为马的诗人一样
岁月易逝　一滴不剩　水滴中有一匹马儿一命
　归天

千年后如若我再生于祖国的河岸
千年后我再次拥有中国的稻田　和周天子的雪
　山　天马踢踏
和所有以梦为马的诗人一样
我选择永恒的事业

146

我的事业　就是要成为太阳的一生
他从古至今——"日"——他无比辉煌无比光明
和所有以梦为马的诗人一样
最后我被黄昏的众神抬入不朽的太阳

太阳是我的名字
太阳是我的一生
太阳的山顶埋葬　诗歌的尸体——千年王国和我
骑着五千年凤凰和名字叫"马"的龙——我必将
　失败
但诗歌本身以太阳必将胜利

1987

秋

用我们横陈于地的骸骨
在沙滩上写下：青春。然后背起衰老的父亲
时日漫长　方向中断
动物般的恐惧充塞着我们的诗歌

谁的声音能抵达秋之子夜　长久喧响
掩盖我们横陈于地的骸骨——
秋已来临。
没有丝毫的宽恕和温情：秋已来临

1987．8

秋　　天

你带来水　酒瓶和粮食

秋天　千里内外
树叶安睡大地
果实沉落桶底
发出闷闷声响

让镰刀平放
丰收的草原

秋天的水　上升
直到果实　果实
回声似的对称的乳房

秋天　丰收的篮子
天堂的篮子
盛放——"果实"
病床头刻划的

阿拉伯或恒河
的永久文字

而鱼唱着　梦着　村落
水离开了形状
离开了手

回声
这是两只丰收的篮子　彼此对称
乳房
手

    1986．1；1987．5；1987．8—9

秋 日 黄 昏

火焰的顶端
落日的脚下
茫茫黄昏　华美而无上
在秋天的悲哀中成熟

日落大地　大火熊熊　烧红地平线滚滚而来
使人壮烈　使人光荣与寿同在　分割黄昏的灯
百姓一万倍痛感黑夜来临
在心上滚动万寿无疆的言语

时间的尘土　抱着我
在火红的山冈上跳跃
没有谁来应允我
万寿无疆或早夭襁褓

相反的是　这个黄昏无限痛苦
无限漫长　令人痛不欲生
切开血管

落日殷红

愿有情人终成眷属
愿爱情保持一生
或者相反　极为短暂　匆匆熄灭
愿我从此再不提起

再不提起过去
痛苦与幸福
生不带来　死不带去
唯黄昏华美而无上。

1987．9．3；10．4

公爵的私生女

——给波特莱尔

我们偶然相遇
没有留下痕迹。

那个庸俗的故事
使用货币或麦子
卖鱼的卖鱼
抓药的抓药
在天堂的黄昏
躲也躲不开
我们的生存
唯一的遭遇是一首诗
一首诗是一个被谋杀的生日
月光下　诗篇犹如
每一个死婴背着包袱
在自由地行进
路途遥远却独来独往

死婴

我的朋友

我的亲人

来路已逝去路已断

为谁而死为谁醉卧草原

我们偶然相遇

没有留下痕迹。

石头门外,守夜人

抱着三枝火焰

埋下双眼,一夜长眠

1986. 8;1987. 10. 31

马雅可夫斯基自传

微微发紫的光线里一个胎儿、一朵向日葵
诗人在小镇一角度完一生
在那家残破的灯下
旅馆破旧
石头流动
梨花阵阵
迟钝和内心冲突
一棵梨子树。梨花阵阵
头盖骨龟裂——箭壶愚蠢摇动
火烧山地　白色梨花阵阵
刮去遍体鳞伤
一切噪音进入我的语言
化成诗歌与音乐　梨花阵阵
在我弃绝生活的日子里
黑脑袋——杀死了我
以我血为生　背负冰凉斧刃
黑脑袋　长出一片胳膊
挥舞一片胳膊

露出一切牙齿、匕首
黑头里垒满了石头
像青铜一样站着
站到最后　站到末日

1987

枫

广天一夜
暖如血。

高寒的秋之树
长风千万叶
暖如血

一叶知秋
(秋住北方——
青涩坚硬
火焰焰闪闪的少女
走向成熟和死亡)

多灾多难多梦幻
的北国氏族之女
镰刀和筐内
秋天的头颅落地
姐妹血迹殷红

北国氏族之女

北国之秋住家乡

明日天寒地冻

日短夜长

路远马亡。

北国氏族之女

一火灭千秋。

虽果亡树在。

北国氏族之女

——柿子和枫

相抢（？）于此秋天

刀刃闪闪发亮

人头落地　血迹殷红

一只空空的杯子权做诗歌之棺

暖如地血　寒比天风。

1987．11．2

灯

我们坐在灯上
我们火光通明
我们做梦的胳膊搂在一起
我们栖息的桌子飘向麦地
我们安坐的灯火涌向星辰

灯光，我明丽又温暖
的桔黄的雪
披上新娘的微黄的发辫。

(灯
只有你
你仿佛无鞋
你总是行色匆匆)
灯，你的名字
掌在我手上。

灯，月亮上

亮起的心
和眼睛

灯
躲在山谷
躲在北方山顶的麦地

灯啊
我们做梦的房子飘向麦田
桌子上安放求婚的杯盏
祈求和允诺的嘴唇
是灯。

灯
一丛美丽
暖和
一个名字
我的秘密
我的新娘
叫小灯。

灯
明天的雪中新娘
安坐屋中

你为什么无鞋

你为什么

竖起一根通红的手指

挡住出嫁日期

1985；1987

灯　　诗

灯，从门窗向外生活
灯啊是我内心的春天向外生活
黑暗的蜜之女王
向外生活，"有这样一只美丽的手向外生活"

火种蔓延的灯啊
是我内心的春天一人放火
没有火光，没有火光烧坏家乡的门窗
春天也向外生长
度过炎炎大火的一颗火
却被秋天遍地丢弃
让白雪走在酒上享受生活

你是灯
是我胸脯上的黑夜之蜜
灯，怀抱着黑夜之心
烧坏我从前的生活和诗歌

灯，一手放火，一手享受生活
茫茫长夜从四方围拢
如一场黑色的大火
春天也向外生长
还给我自由，还给我黑暗的蜜、空虚的蜜
孤独一人的蜜
我宁愿在明媚的春光中默默死去
"有这样一只美丽的手在酒上生活"
要让白雪走在酒上享受生活。

1987（？）

不　幸

——给荷尔德林

1　病中的酒

抬起了一张病床
我的荷尔德林　他就躺在这张床上
马　疯狂的奔驰一阵
横穿整个法兰西

成为纯洁诗人、疾病诗人的象征
不幸的诗人啊
人们把你像系马一样
系在木匠家一张病床上

我不知道
在八月逝去的黄昏
二哥索福克勒斯
是否用悲剧减轻了你的苦痛

当那些姐妹和长老
举起了不幸的羊毛
燃烧的羊毛
像白雪一样燃烧

他说——不要着急，焦躁的诸神
等一首故乡的颂歌唱完
我就会钻进你们那
黑暗和迟钝的羊角

丰足的羊角　呜呜作响的羊角
王冠和疯狂的羊角：我躺下
——"一万年太久"
只有此羊角　诗歌黑暗　诗人盲目

2　怀念　或没有收获

等你手拿钝镰刀
割下白雪和羊毛
不幸的荷尔德林已经发疯

修道院总管的儿子
银行家夫人的情人
不幸的荷尔德林已经发疯

等你建好医院
安放好一张又一张病床
荷尔德林就躺在第一张床上
经历没有收获的日子
那是幸福的
——"收获即苦难。"

只好怀念大雁——
那哭泣和笑容的篮子
当你追随我
来到人类的生活
只好怀念大雁——
那被黄昏染红的肉体的新娘。

3 牧羊人的舞蹈——对称 ——黑暗沉寂之国

（有题无诗）

4 血以后是黑暗——比血更红的是黑暗

荷尔德林——告诉我那黑暗是什么

他又怎样把你淹没
把你拥进他的怀抱
像大河淹没了一匹骏马

存在者　嘶叫者　和黑暗之桶的主人啊
你——现在又怎样在深渊上飞翔——阴郁地起
　舞——将我抛弃
并将我嘲笑——荷尔德林
你可是也已成为黑暗的大神的一部分

故乡
……我们仍抱着这光中飞散的桶的碎片营造土
　地和村庄
他们终究要被黑暗淹没
告诉我，荷尔德林——我的诗歌为谁而写

掘地深藏的地洞中毒药般诗歌和粮食
房屋和果树——这些碎片——在黑暗中又会呈
　现怎样的景象，荷尔德林？
延续六年的阴郁的旅行之路啊
兄弟们是否理解？狄奥提马是否同情——她虽
　已早死？

哪一位神曾经用手牵引你度过这光明和黑暗交

织的道路?
你在那些渡口又遇见什么样的老母和木匠的亲人?
他们是幻象　还是真理?
是美丽还是谎言?是阴郁还是狂喜?

还是这两者的合一:统治。
血以后是黑暗——比血更红的是黑暗
我永久永久怀念着你
不幸的兄弟　荷尔德林!

5　致命运女神

怀抱心上人摔坏的一盏旧灯
怀抱悬崖上幸福的花草纵身而下

红色的大雁
隔河相望美丽村镇

致命运女神的几行诗句
痛苦在山上但说无妨

红色的大雁
在南风中微微吹动

少女食羊　羊食少年死后长出的青青草杆
一团白云卷走了你

随风来去的羊
——命运女神!

1987．11．1/11．7．夜录

尼采,你使我想起悲伤的热带

别人的诗:金黄的秋收俯伏在希腊的大理石上。

一只陶罐上
镌刻一尾鱼
我住在鱼头
你住在鱼尾
我在冰天雪地的酒馆忙于宗教
冻得全身发红
你头发松开,充满情欲和狂暴

悲伤的热带
南方的岛屿
我的梦之蛇

你踏上雇佣军向南进军的大道
走出战俘营代价昂贵
辉煌的十年疯狂之门
一眼望见天堂里诗人歌唱的梨花朵朵
像原始人交换新娘后

堆积在梦中岛屿上的盐。

水滴中千万颗乳房
歌唱我的一生
热带是
我的心情

是　国王的女儿
蜥蜴和袋鼠跳跃峡谷的女儿
和我
另一位呢喃而疯狂的诗人
同住在一只壶里

我的心情逼迫群蛇起舞　拥抱死亡的鹰
热带的悲伤少女
季节和岁月的火焰
你们都在十五岁就一命归天

水滴中千万颗乳房
归于虚无的热带
古老猎手萌生困惑
在山顶自缢。

1987．11．6．夜

汉　俳

1　河　水

亡灵游荡的河
在过去我们有多少恐惧
只对你诉说

2　王位上的诗人

还没剥开羊皮　举着火把
还没剥开少女和母龙美丽的身体

3　打麦黄昏，老年打麦者

在梨子树下
晚霞常驻

4　草原上的死亡

在白色夜晚张开身子
我的脸儿，就像我自己圣洁的姐姐

5 西　藏

回到我们的山上去。
荒凉高原上众神的火光。

6　意大利文艺复兴

那是我们劳动的时光。
朋友们都来自采石场。

7　风　吹

茫茫水面上天鹅村庄神奇的门窗合上

8　黄　昏

在此刻　销声匿迹的人　突然出现
他们神秘而哀伤的马匹在树下站定

9　诗歌皇帝

当众人齐集河畔　高声歌唱生活
我定会孤独返回空无一人的山峦

1987

两 行 诗

1

海水点亮我
垂死的头颅

2

我是黄昏安放的灵床：车轮填满我耻辱的形象
落日染红的河水如阵阵鲜血涌来

3

起风了。
太阳的音乐。太阳的马

4

在远远被雪山围住的亲人中央
为他画一果实　画两只乳房。

5

疾病中的酒精
是一对黑眼睛

6

妹妹瞎了。但她有六根手指
她被荷马抱在怀中。

7

寂静太喜爱
闪电中的猎人

1986—1988

四 行 诗

1 思 念

像此刻的风
骤然吹起
我要抱着你
坐在酒杯中

2 星

草原上的一滴泪
汇集了所有的愤怒和屈辱
泪水,走遍一切泪水
仍旧只是一滴

3 哭 泣

天鹅像我黑色的头发在湖水中燃烧
我要把你接进我的家乡
有两位天使放声悲歌

痛苦地拥抱在家乡屋顶上

4 大 雁

绿濛濛的草原上
一个美好少女
在月光照耀的地方
说 好好活吧，亲爱的人

5

当强盗留下遗言后
夜深独坐，把地牢当作果园
月亮吹着一匹强盗的马
流淌着泪水

6 海 伦

盲诗人荷马
梦着 得到女儿
看得见她 捧着杯子
用我们的双眼站在他面前

1987（？）

酒杯：情诗一束

1 火热的嘴唇

两万只酒杯从你诞生
万物的疾病从你诞生

2 月 亮

沉默的活着的镰刀形的火光
似一颗焚烧的头颅在荒野滚动
沉默的活着的镰刀形的牧场
神秘、寒冷而寂静。

3 乳 房

埃及的河水
在埃及的子夜
——这黑夜的酒

这黑夜的酒　变成我的双手

4　盲　目

手在果园里
就不再孤单
两只自己的手
在怀孕别的手

5　火热的嘴唇

那是花朵　那是头颅做成的酒杯
酒杯在草原上轻轻碰撞
盛满酒精的头颅空空荡荡

火苗熏黑的山梁
帐篷诞生又死亡。

火灾中升起的灯光　把大地照亮。

1987（?）

秋 天 的 祖 国

——致毛泽东，他说"一万年太久"

一万次秋天的河流拉着头颅　犁过烈火燎烈的
　城邦
心还张开着春天的欲望滋生的每一道伤口

秋雷隐隐　圣火燎烈
神秘的春天之火化为灰烬落在我们的脚旁

携带一只头盖骨嗑嗑作响的囚徒
让我把他的头盖制成一只金色的号角　在秋天
　吹响

他称我为青春的诗人　爱与死的诗人
他要我在金角吹响的秋天走遍祖国和异邦

从新疆到云南　坐上十万座大山
秋天　如此遥远的群狮　相会在飞翔中

飞翔的祖国的群狮　携带着我走遍圣火燎烈的
　城邦
如今是秋风阵阵　吹在我暮色苍茫的嘴唇上

土地表层　那温暖的信风和血滋生的种种欲望
如今全要化为尸首和肥料　金角吹响
如今只有他　宽恕一度喧嚣的众生
把春天和夏天的血痕从嘴唇上抹掉
大地似乎苦难而丰盛。

1987（？）

秋日想起春天的痛苦
也想起雷锋

春天　春天
他何其短暂
春天的一生痛苦
他一生幸福

又想起你撞开门扇你怀抱春天
你坐下。快坐下，在这如痴如醉的地方
春天的一生痛苦
他一生幸福

春天　春天　春天的一生痛苦
我的村庄中有一个好人叫雷锋叔叔
春天的一生痛苦
他一生幸福

如今我长得比雷锋还大
村庄中痛苦女神安然入睡

春天的一生痛苦

他一生幸福

1985；1987

八 月 之 杯

八月逝去　山峦清晰
河水平滑起伏
此刻才见天空
天空高过往日

有时我想过
八月之杯中安坐真正的诗人
仰视来去不定的云朵
也许我一辈子也不会将你看清

一只空杯子　装满了我撕碎的诗行
一只空杯子——可曾听见我的喊叫?!
一只空杯子内的父亲啊
内心的鞭子将我们绑在一起抽打

1987

八月　黑夜的火把

太阳映红的旷原
垂下衰老的乳房
一如黑夜的火把

人是八月的田野上血肉模糊的火把
怀抱夜晚的五谷
遁入黑暗之中

温暖的五谷
霉烂的五谷
坐在火把上

1987

秋

秋天深了,神的家中鹰在集合
神的故乡鹰在言语
秋天深了,王在写诗
在这个世界上秋天深了
该得到的尚未得到
该丧失的早已丧失。

1987

野 鸽 子

当我面朝火光
野鸽子　在我家门前的细树上
吐出黑色的阴影的火焰。

野鸽子
——这黑色的诗歌标题　我的懊悔
和一位隐身女诗人的姓名

这究竟是山喜鹊之巢还是野鸽子之巢
在夜色和奥秘中
野鸽子　打开你的翅膀
飞往何方？　在永久之中

你将飞往何方？！

野鸽子是我的姓名
黑夜颜色的奥秘之鸟
我们相逢于一场大火

1988．2

夜　　色

在夜色中
我有三次受难：流浪、爱情、生存
我有三种幸福：诗歌、王位、太阳

　　　　　　　　　　1988. 2. 28. 夜

眺望北方

我在海边为什么却想到了你
不幸而美丽的人　我的命运
想起你　我在岩石上凿出窗户
眺望光明的七星
眺望北方和北方的七位女儿
在七月的大海上闪烁流火

为什么我用斧头饮水　饮血如水
却用火热的嘴唇来眺望
用头颅上鲜红的嘴唇眺望北方
也许是因为双目失明

那么我就是一个盲目的诗人
在七月的最早几天
想起你　我今夜跑尽这空无一人的街道
明天，明天起来后我要重新做人
我要成为宇宙的孩子　世纪的孩子
挥霍我自己的青春

然后放弃爱情的王位
　　去做铁石心肠的船长
走遍一座座喧闹的都市
　　我很难梦见什么
除了那第一个七月,永远的七月
七月是黄金的季节啊
当穷苦的人在渔港里领取工钱
我的七月萦绕着我,像那条爱我的孤单的蛇
——她将在痛楚苦涩的海水里度过一生

1987.7;1988.3

跳 伞 塔

我在一个北方的寂寞的上午
一个北方的上午
思念着一个人。

我是一些诗歌草稿
你是一首诗。

我想抱着满山火红的杜鹃花
走入静静的跳伞塔

我清楚地意识到
前面就是一条大河
和一个广大的北方平原

美丽总是使我沉醉

已经有人
开始照耀我

在那偏僻拥挤的小月台上
你像星星照耀我的路程

在这座山上
为什么我只看见这么一棵
美丽的杜鹃?

我只看见过这么一棵
果然火红而美丽

我在这个夜晚
我住在山腰
房子里
我的面前充满了泉水
或溪涧之水的声音

静静的跳伞塔
心醉的屋子　你打开门
让我永远在这幸福的门中

北方　那片起伏的山峰
远远的
只有九棵树

1988．4．23

太阳和野花

——给 AP

太阳是他自己的头。
野花是她自己的诗。

我对你说
你的母亲不像我的母亲。

在月光照耀下
你的母亲是樱桃
我的母亲是血泪

我对天空说,
月亮,她是你篮子里纯洁的露水
太阳,我是你场院上发疯的钢铁

太阳是他自己的头。
野花是她自己的诗。

在一株老榆树的底下
平原上
流过我的骨头

在猎人夫妻的眼中　在山地
那自由的尸首
淌向何方

两位母亲在不同的地方梦着我。
两位女儿在不同的地方变成了母亲。
当田野还有百合，天空还有鸟群
当你还有一张大弓、满袋好箭
该忘记的早就忘记
该留下的永远留下

太阳是他自己的头
野花是她自己的诗

总是有寂寞的日子。
总是有痛苦的日子。
总是有孤独的日子。
总是有幸福的日子。
然后再度孤独。

是谁这么告诉过你：
答应我
忍住你的痛苦
不发一言
穿过这整座城市
远远的走来
去看看他，去看看海子
他可能更加痛苦
他在写一首孤独而绝望的诗歌
　　死亡的诗歌

他写道：
平原上
流过我的骨头。
当高原的人　在榆树底下休息
当猎人和众神
或起或坐，时而相视，时而相忘
当牛羊和牛羊在草上
看见一座悬崖上
牧羊人堕下，额角流血
再也救不活他了——
他写道：
平原上
流过我的骨头。

这时,你要
去看看他。

答应我
忍住你的痛苦
不发一言
穿过这整座城市

那个牧羊人
也许会被你救活
你们还可以成亲
在一对大红蜡烛下。
这时他就变成了我。

我会在我自己的胸脯找到一切幸福。
红色荷包、羊角、蜂巢、嘴唇
和一对白色羊儿般的乳房。

我会给你念诗:
太阳是他自己的头。
野花是她自己的诗。

到那时　到那一夜

也可以换句话说：
太阳是野花的头。
野花是太阳的诗。
他们只有一颗心。
他们只有一颗心。

　　　　　1988．5．16．夜
　删1986年以来许多旧诗稿而得。

在一个阿拉伯沙漠的村镇上

镇子

而今我一无是处
坐在镇子的一头。
这是一个不守诺言的时刻。
头巾上星光璀璨。
阿拉伯沙漠的村镇已是茫茫黄昏。
东面一万里是大海。
西边一万里是雪山。

镇子。

三月过去了
四月过去了。
上一个秋天的谈话过去了。
请在这个日子光临做我的客人。

镇子上——天刚蒙蒙亮

草原上——夜的马很大
少言寡语,见一面,短一日。

镇子

你坐在
小山坡上
你坐在小山坡上。
一个人住在旧粮仓里写诗。
又是生日。一匹
多年的
马
飞来了。
一匹多年的
旧布包不好伤口

镇子。

点亮一根蜡烛
我们死后相聚在湖上
宛如生前。"俄狄浦斯——烛光也曾照你杀父娶
　母。"
烛火静静叫喊
绿汪汪的水静静叫喊

看见草原和女人的一位盲人
——在烛火中静静叫喊

镇子

生日中。
你像一位美丽的
女俘虏
坐在故乡的
打麦场上

夜深在村庄摸门
我的什么
遗忘在山上。

浪子 你怎么了 你打算用什么办法
将那水中明月
戴在头上。

暮色中的马头
斜靠在小镇上。

姐妹们早已睡下
打谷场上 空无一人

空无一人

天亮
守夜人
走到神秘的村子。

> 1988．5．删

生　　日

起风了。
太阳的音乐。太阳的马

你坐在近处　坐在远方
像鱼群跟着渔夫。长出了乳房
葡萄牙村庄。长出了乳房
牧羊人的皮鞭。长出了乳房

当我们住在秋天
大地上刮起了秋风
秋天的雨　一阵又一阵
你坐在近处　坐在远方

那时我们多么寂寞
多么遥远啊？

而现在是生日
我点亮烛火点亮新娘的两只耳朵

其他的人和马的耳朵

竖在北方——那一夜的屋顶。

                    1988.5.删

黑　翅　膀

今夜在日喀则，上半夜下起了小雨
只有一串北方的星，七位姐妹
紧咬雪白的牙齿，看见了我这一对黑翅膀

北方的七星　照不亮世界
牧女头枕青稞独眠一天的地方今夜满是泥泞
今夜在日喀则，下半夜天空满是星辰

但夜更深就更黑，但毕竟黑不过我的翅膀
今夜在日喀则，借床休息，听见婴儿的哭声
为了什么这个小人儿感到委屈？是不是因为她
　感到了黑夜中的幸福

愿你低声啜泣　但不要彻夜不眠
我今夜难以入睡是因为我这双黑过黑夜的翅膀
我不哭泣　也不歌唱　我要用我的翅膀飞回北
　方

飞回北方　北方的七星还在北方
只不过在路途上指示了方向，就像一种思念
她长满了我的全身　在烛光下酷似黑色的翅膀

1988．7（?）

日　　记

姐姐，今夜我在德令哈，夜色笼罩
姐姐，今夜我只有戈壁

草原尽头我两手空空
悲痛时握不住一颗泪滴
姐姐，今夜我在德令哈
这是雨水中一座荒凉的城

除了那些路过的和居住的
德令哈……今夜
这是唯一的，最后的，抒情。
这是唯一的，最后的，草原。

我把石头还给石头
让胜利的胜利
今夜青稞只属于她自己
一切都在生长

今夜我只有美丽的戈壁　空空
姐姐，今夜我不关心人类，我只想你

  1988．7．25．火车经德令哈

西　　藏

西藏，一块孤独的石头坐满整个天空
没有任何夜晚能使我沉睡
没有任何黎明能使我醒来

一块孤独的石头坐满整个天空
他说：在这一千年里我只热爱我自己

一块孤独的石头坐满整个天空
没有任何泪水使我变成花朵
没有任何国王使我变成王座

1988. 8

七 百 年 前

七百年前辉煌的王城今天是一座肮脏的小镇
当年我打马进城　手提一袋青稞
当年我用一袋青稞换取十八颗人头
还有九颗,葬在城中,下落不明

在山洞里十二只野兽梦想变成老鹰,齐声哀鸣
这是山顶上最后的山洞　梦想着天空
突然有一种感觉,好像还是在又饥又饿地走在
　路上
在幽暗中我写下我的教义,世界又变得明亮

1988．8．18

远　方

——献给草原英雄小姐妹

草原英雄小姐妹
龙梅和玉荣
我多想和你们一起
在暴风雪中
在大草原
看守公社的羊群

1988．8．19
萨迦夜时藏族青年男女歌舞嬉戏

喜玛拉雅

高原悬在天空
天空向我滚来
我丢失了一切
面前只有大海

我是在我自己的远方
我在故乡的海底——
走过世界最高的地方
喜玛拉雅　喜玛拉雅

你是谁
饥饿
怀孕
把无尽的
滚过天空的头颅
放回天空

我从大海来到落日的中央

飞遍了天空找不到一块落脚之地
今日有粮食却没有饥饿
今天的粮食飞遍了天空
找不到一只饥饿的腹部。
饥饿用粮食喂养
更加饥饿，奄奄一息
草原上的天空不可阻挡

嘴唇和我抱住河水
头颅和他的姐妹
在大河底部通向海洋
割下头颅的身子仍在世上
最高的一座山
仍在向上生长

1988（?）

草 原 之 夜

那是一片冬季的草场
草长得不高，但很兴旺
我的头颅就埋在这里
搂抱着夜色中的山冈

山冈上这些草长得和去年一样
似乎没有经历死亡
短暂的夏天　美好的草原
是两场暴风雪争夺中喘息的新娘

今年的暴风雪会来得更凶猛
暴风雪，五十年未遇
我的头颅变得比岩石还要寒冷
似乎在预感到那天空许给草原的末日

*

草原的末日也就是我的末日

所有的牛羊都被抛弃，都逃不过死亡
只有一个跛男孩逃到草原尽头
抱住马脖子失声痛哭

那时候天已大亮
太阳落满天空　更为荒芜
只有一个跛男孩
抱住马脖子失声痛哭

他就是我的儿子，他已成为孤儿
他的母亲已成为草原的寡妇　这个女人得会顺
　从命运
我那远嫁他方的小妹妹
会在收割青稞时为我痛哭一场

别的牧人去了夏天的草场
他们和自己的妹妹或新娘生活在一起
这都热爱生活的年轻人，青稞酒在草原之夜流
　淌
他们都不能理解我此刻的悲伤

1988（?）7. 28. 格尔木

远　　方

远方除了遥远一无所有

遥远的青稞地
除了青稞　一无所有

更远的地方　更加孤独
远方啊　除了遥远　一无所有

这时　石头
飞到我身边

石头　长出　血
石头　长出　七姐妹。

站在一片荒芜的草原上

那时我在远方
那时我自由而贫穷。

这些不能触摸的　姐妹
这些不能触摸的　血
这些不能触摸的　远方的幸福

远方的幸福　是多少痛苦

 1988.8.19.萨迦夜；8.21.拉萨

雪

千辛万苦回到故乡
我的骨骼雪白　也长不出青稞

雪山，我的草原因你的乳房而明亮
冰冷而灿烂

我的病已好
雪的日子　我只想到雪中去死
我的头顶放出光芒

有时我背靠草原
马头作琴　马尾为弦
戴上喜玛拉雅　这烈火的王冠

有时我退回盆地，背靠成都
人们无所事事，我也无所事事
只有爱情　剑　马的四蹄

割下嘴唇放在火上
大雪飘飘
不见昔日肮脏的山头
都被雪白的乳房拥抱

深夜中　火王子　独自吃着石头　独自饮酒

1988. 8

在大草原上预感到海的降临

我的双手触到草原,
黑色孤独的夜的女儿。

我为我自己铺下干草
夜的女儿,我也为你。

牧羊女打开自己——
一只黑色的羊
蹲伏在你的腹部。

多么温暖的火红的岩石
多么柔软的躺在马车上
月亮形的马,进入了海底。

一夜之间,草原是如此遥远,如此深厚,如此
　神秘。
海也一样。

一夜之间,
草贴着地长,
你我都是草中的羊。

     1988(?). 11. 20

大草原　大雪封山

公社里
有一个人
歌唱雨雪
和倾斜的山坡

秋天　一闪而过
多少丰收的村庄不见踪影

昨天的闪电
劈碎了车马
大雪封山
从今后日子艰难

1988．11．11—20

冬　天

火的叫声传来
火的叫声微弱
山坡上牛羊拥挤
想起你使我眩晕

*

英雄的猎人
拥着一家酒店
坐在白雪中
心中的黑夜寒冷

　　　　　（1988. 2. 10. 故乡）

*

在黑夜里为火写诗
在草原上为羊写诗
在北风中为南风写诗
在思念中为你写诗

　　　　　（1988. 8. 15. 日喀则）

＊

夜的中心幽暗
边缘发亮　寒冷
这是　火儿
照亮雪山和马

＊

大地薄弱
两端锋利
使中心幽暗
难以分辨

1988（？）

情 诗 一 束

1 青 海 湖

这骄傲的酒杯
为谁举起
荒凉的高原

天空上的鸟和盐　为谁举起

波涛从孤独的十指退去，
白鸟的岛屿，儿子们围住
在相距遥远的肮脏镇上。

一只骄傲的酒杯，
青海的公主　请把我抱在怀中
我多么贫穷，多么荒芜，我多么肮脏
一双雪白的翅膀也只能给我片刻的幸福

我看见你从太阳中飞来

蓝色的公主　青海湖
我孤独的十指化为天空上雪白的鸟。

1988．7．25

2　大　风

起风的黄昏好像去年秋天
树木损伤的香味弥漫四周

想她头发飘飘
面颊微微发凉
守着她的母亲
抱着她的女儿
坐在盆地中央
坐在她的家中

黄昏幽暗降临
大风刮过天空
万风之王起舞
化为树木受伤

1988．2．4

3 山楂树

今夜我不会遇见你
今夜我遇见了世上的一切
但不会遇见你。

一棵夏季最后
火红的山楂树
像一辆高大女神的自行车
像一个女孩　畏惧群山
呆呆站在门口
她不会向我
跑来!

我走过黄昏
像风吹向远处的平原
我将在暮色中抱住一棵孤独的树干
山楂树!一闪而过　啊!山楂

我要在你火红的乳房下坐到天亮。
又小又美丽的山楂的乳房
在高大女神的自行车上
在农奴的手上

在夜晚就要熄灭

1988．6．8—10

4 绿松石

这时候　绿色小公主
来到我的身边。
青海湖，绿色小公主
你曾是谁的故乡
你曾是谁的天堂？
当一只雪白的鸟
无法用翅膀带走
人类的小镇
——它留在肮脏的山梁。

和水相比　土地是多么肮脏而荒芜
绿色小公主抹去我的泪水，
说，你是年老的国土上
一位年轻的国王，老年皇帝会伏在你的肩头死
　去。
土地张开又合拢。

1988．7．24

5 无名的野花

看不见你,十六岁的你
看不见无名的,芳香的
正在开花的你。

看不见提着鞋子　在雨中
走在大草原上的
恍惚的女神

看不见你,小小的年纪
一身红色的走在
空荡荡的风中

来到我身边,
你已经成熟,
你的头发垂下像黑夜。
我是黑夜中孤独的僧侣
埋下种籽在石窟中,
我将这九盏灯
嵌入我的肋骨。

无论是白色的还是绿色的

起自天堂或地府的
青海湖上的大风
吹开了紫色血液
开上我的头颅,
我何时成了这一朵
无名的野花?

      1988．11．2

花儿为什么这样红

透过泪水看见马车上堆满了鲜花。

豹子和鸟,惊慌的倒下,像一滴泪水
——透过泪水看见
马车上堆满了鲜花。

风,你四面八方
多少绿色的头发,多少姐妹
挂满了雨雪。

坐在夜王为我铺草的马车中。

黑夜,你就是这巨大的歌唱的车辆
围住了中间
说话的火。

一夜之间,草原如此深厚,如此神秘,如此遥
　远

我断送了自己的一生
在北方悲伤的黄昏的原野。

                        1988．11．20

献　　诗

黑夜降临，火回到一万年前的火
来自秘密传递的火　他又是在白白的燃烧
火回到火　黑夜回到黑夜　永恒回到永恒
黑夜从大地上升起　遮住了天空

1989

太平洋上的贾宝玉

贾宝玉　太平洋上的贾宝玉
太平洋上：粮食用绳子捆好
贾宝玉坐在粮食上

美好而破碎的世界
坐在食物和酒上
美好而破碎的世界，你口含宝石
只有这些美好的少女，美好而破碎的世界，旧
　世界
只有茫茫太平洋上这些美好的少女
太平洋上粮食用绳子捆好
从山顶洞到贾宝玉用尽了多少火和雨

1989

遥远的路程：十四行
献给89年初的雪

我的灯和酒坛上落满灰尘
而遥远的路程上却干干净净
我站在元月七日的大雪中，还是四年以前的我
我站在这里，落满了灰尘，四年多像一天，没
　有变动
大雪使屋子内部更暗，待到明日天晴
阳光下的大雪刺痛人的眼睛，这是雪地，使人
　羞愧
一双寂寞的黑眼睛多想大雪一直下到他内部

雪地上树是黑暗的，黑暗得像平常天空飞过的
　鸟群
那时候你是愉快的，忧伤的，混沌的
大雪今日为我而下，映照我的肮脏
我就是一把空空的铁锹
铁锹空得连灰尘也没有

大雪一直纷纷扬扬

远方就是这样的,就是我站立的地方

1989. 1. 7

面朝大海,春暖花开

从明天起,做一个幸福的人
喂马、劈柴,周游世界
从明天起,关心粮食和蔬菜
我有一所房子,面朝大海,春暖花开

从明天起,和每一个亲人通信
告诉他们我的幸福
那幸福的闪电告诉我的
我将告诉每一个人

给每一条河每一座山取一个温暖的名字
陌生人,我也为你祝福
愿你有一个灿烂的前程
愿你有情人终成眷属
愿你在尘世获得幸福
我只愿面朝大海,春暖花开

1989. 1. 13

酒　　杯

你的泪水为我洗去尘土和孤独
你的泪水为我在飞机场周围的稻谷间珍藏
酒杯，你这石头的少女，你这石头的牢房，石头的伞

酒，石头的牢房囚禁又释放的满天奔腾的闪电
昨天一夜明亮的闪电使我的杯子又满又空
看哪！河水带来的泥沙堆起孤独的房屋

看哪！你的房子小得像一只酒杯
你的房子小得像一把石头的伞

多云的天空下　潮湿的风吹干的道路
你找不到我，你就是找不到我，你怎么也找不到我
在昔日山坡的羊群中

洒杯,你是一间又破又黑的旧教室
淹没在一片海水

1989(?). 1. 14

遥远的路程

雨水中出现了平原上的麦子
这些雨水中的景色有些陌生
天已黑了,下着雨
我坐在水上给你写信

1989. 1. 22

最后一夜和第一日的献诗

今夜你的黑头发
是岩石上寂寞的黑夜
牧羊人用雪白的羊群
填满飞机场周围的黑暗

黑夜比我更早睡去
黑夜是神的伤口
你是我的伤口
羊群和花朵也是岩石的伤口

雪山　用大雪填满飞机场周围的黑暗
雪山女神吃的是野兽穿的是鲜花
今夜　九十九座雪山高出天堂
使我彻夜难眠

1989．1．16—24

黑夜的献诗

——献给黑夜的女儿

黑夜从大地上升起
遮住了光明的天空
丰收后荒凉的大地
黑夜从你内部上升

你从远方来,我到远方去
遥远的路程经过这里
天空一无所有
为何给我安慰

丰收之后荒凉的大地
人们取走了一年的收成
取走了粮食骑走了马
留在地里的人,埋得很深

草叉闪闪发亮,稻草堆在火上
稻谷堆在黑暗的谷仓

谷仓中太黑暗,太寂静,太丰收
也太荒凉,我在丰收中看到了阎王的眼睛

黑雨滴一样的鸟群
从黄昏飞入黑夜
黑夜一无所有
为何给我安慰

走在路上
放声歌唱
大风刮过山冈
上面是无边的天空

1989.2.2

太平洋的献诗

太平洋　丰收之后的荒凉的海
太平洋　在劳动后的休息
劳动以前　劳动之中　劳动以后
太平洋是所有的劳动和休息

茫茫太平洋　又混沌又晴朗
海水茫茫　和劳动打成一片
和世界打成一片
世界头枕太平洋
人类头枕太平洋　雨暴风狂
上帝在太平洋上度过的时光　是茫茫海水隐含
　不露的希望

太平洋没有父母　在太阳下茫茫流淌　闪着光
　芒
太平洋像是上帝老人看穿一切、眼角含泪的眼睛

眼泪的女儿，我的爱人

今天的太平洋不是往日的海洋
今天的太平洋只为我流淌　为着我闪闪发亮
我的太阳高悬上空　照耀这广阔太平洋

         1989. 2. 2

献给太平洋

我的婚礼染红太平洋
我的新娘是太平洋
连亚洲也是我悲伤而平静的新娘
你自己的血染红你内部孤独的天空

上帝悲伤的新娘,你自己的血染红
天空,你内部孤独的海洋
你美丽的头发
像太平洋的黄昏

1989.2

折　梅

站在那里折梅花
山坡上的梅花
寂静的太平洋上一封信
寂静的太平洋上一人站在那里折梅花

乞梅人在天上
天堂大雪纷纷　一人踏雪无痕
天堂和寂静的天山一样
大雪纷纷
站在那里折梅
亚洲，上帝的伞
上帝的斗篷，太平洋
太平洋上海水茫茫
上帝带给我一封信
是她写给我的信
我坐在茫茫太平洋上折梅，写信

1989．2．3

献　　诗

废弃不用的地平线
为我在草原和雪山升起
脚下尘土黑暗而温暖
大地也将带给我天堂的雷电

家乡的屋顶下摆满了结婚的酒席
陪伴我的全是海水和尘土，全是乡亲
今天，太阳的新娘就是你
太平洋上唯一的人，远在他方

1989．2．9

黎　明

（二月的雪，二月的雨）

我把天空和大地打扫干干净净
归还给一个陌不相识的人
我寂寞的等，我阴沉的等
二月的雪，二月的雨

泉水白白流淌
花朵为谁开放
永远是这样美丽负伤的麦子
吐着芳香，站在山冈上

荒凉大地承受着荒凉天空的雷霆
圣书上卷是我的翅膀，无比明亮
有时像一个阴沉沉的今天
圣书下卷肮脏而快乐
当然也是我受伤的翅膀
荒凉大地承受着更加荒凉的天空

我空荡荡的大地和天空
是上卷和下卷合成一本
的圣书,是我重又劈开的肢体
流着雨雪、泪水在二月

1989．2．22

四 姐 妹

荒凉的山冈上站着四姐妹
所有的风只向她们吹
所有的日子都为她们破碎

空气中的一棵麦子
高举到我的头顶
我身在这荒芜的山冈
怀念我空空的房间,落满灰尘

我爱过的这糊涂的四姐妹啊
光芒四射的四姐妹
夜里我头枕卷册和神州
想起蓝色远方的四姐妹
我爱过的这糊涂的四姐妹啊
像爱着我亲手写下的四首诗
我的美丽的结伴而行的四姐妹
比命运女神还要多出一个
赶着美丽苍白的奶牛　走向月亮形的山峰

到了二月，你是从哪里来的
天上滚过春天的雷，你是从哪里来的
不和陌生人一起来
不和运货马车一起来
不和鸟群一起来

四姐妹抱着这一棵
一棵空气中的麦子
抱着昨天的大雪，今天的雨水
明日的粮食与灰烬
这是绝望的麦子
请告诉四姐妹：这是绝望的麦子
永远是这样
风后面是风
天空上面是天空
道路前面还是道路

1989．2．23

拂　　晓

苍茫的拂晓，黎明
穿上你好久没穿的旧裙子，跟我走
夜的女儿，朝霞的姐妹，黎明
穿过这些山峰，坐落
在这些粗笨的远方和近处
穿过大地的头颅
和河畔这些无人问津的稀疏的荒草
跟我走吧，黎明

你是太阳之火顶端
青色的烟飘渺不定
你就是深夜里刚刚消失又骤然升起的歌声
你穿着一件昨夜弄脏的衣裙走向今天
你嘴里叼着光芒和刀子，披散下的头发遮住
　　眼睛、乳房和面容

提着包袱，度过肮脏的日子，跟我走吧
这鲜血的包袱一路喧闹

一路喧闹，不得安宁
带上你褐色的地母的乳房跟我走吧
哪怕包袱里只有地瓜，乳房里只有水土
悄悄沿着这原始的大地走去
肮脏的大河在尽头猛然将我们推向海洋

苍茫的拂晓，原始的女人
原始的日子中原始的母亲
陌生的妻子披着鱼皮
在海上遨游着产籽的女儿

敲打着船壳　海洋的埋葬
　　太平洋上没有一口钟和一棵梅树
　　没有一枝梅花在太平洋上开放
　　只有镇子中央
　　废弃不用的土和石头
　　堆成的荒凉山坡

跟我走吧，黎明
所有的你都是同一个你
　　我难以分辨
　　谁是你　谁是真正的你
　　谁又再一次是你
　　绝望的只是你

永不离开的你
　　不在天地间消失

所有的你都默默包扎着死去的你
年老丑陋的女王，这黑夜内部无穷无尽的母亲
　女王
我早就说过，断头流血的是太阳
所有的你都默默流向同一个方向
断头台是山脉全部的地方
跟我走吧，抛掷头颅，洒尽热血，黎明
新的一天正在来临

1989. 2. 24

黎　　明 (之二)

黎明手捧亲生儿子的鲜血的杯子
捧着我，光明的孪生兄弟
走在古波斯的高原地带
神圣经典的原野
太阳的光明像洪水一样漫上两岸的平原
抽出剑刃般光芒的麦子
走遍印度和西藏
从那儿我长途跋涉　走遍印度和西藏
在雪山、乱石和狮子之间寻求
天空的女儿和诗
波斯高原也是我流放前故乡的山巅

采纳我光明言辞的高原之地
田野全是粮食和谷仓
覆盖着深深的怀着怨恨
和祝福的黑暗母亲
地母啊，你的夜晚全归你
你的黑暗全归你，黎明就给我吧

让少女佩带花朵般鲜嫩的嘴唇
让少女为我佩带火焰般的嘴唇
让原始黑夜的头盖骨掀开
让神从我头盖骨中站立
一片战场上血红的光明冲上了天空
火中之火,他有一个粗糙的名字:太阳
和革命,她有一个赤裸的身体
在行走和幻灭

    1987. 9. 26. 夜;1989. 3. 1. 夜

桃花时节

桃花开放
太阳的头盖骨一动一动，火焰和手从头中伸出
一群群野兽舔着火焰　刃
走向没落的河谷尽头
割开血口子。他们会把水变成火的美丽身躯

水在此刻是悬挂在空气的火焰
但在更深的地方仍然是水
翅膀血红，富于侵略
那就是独眼巨人的桃花时节
独眼巨人怀抱一片桃林

他看见的　全是大地在滔滔不绝的纵火
他在一只燃烧的胃的底部
与桃花骤然相遇
互为食物和王妻
在断头台上疯狂的吐火

乳房吐火
挂在陆地上

从笨重天空跌落的
撞在陆地上　　撞掉了头撞烂了四肢
在春天　　在亿万人民中间　　在春兽吐火的地方
她们产生了幻觉
群兽吐火长出了花朵
群兽一排排　　肉包着骨　　长成树林
吐火就是花朵　　多么美丽的景色

你在一种较为短暂的情形下完成太阳和地狱
内在的火，寒冷无声的燃烧
生出了河流两岸大地之上的姐妹
朝霞和晚霞

无声的在山峦间飘荡
我俩在高原　　在命运三姐妹无声的织机织出的
　　牧场上相遇

　　　　　　1987；1988 初；1988 底；1989．3．14

春天,十个海子

春天,十个海子全部复活
在光明的景色中
嘲笑这一个野蛮而悲伤的海子
你这么长久的沉睡究竟为了什么?

春天,十个海子低低的怒吼
围着你和我跳舞,唱歌
扯乱你的黑头发,骑上你飞奔而去,尘土飞扬
你被劈开的疼痛在大地弥漫

在春天,野蛮而悲伤的海子
就剩下这一个,最后一个
这是一个黑夜的孩子,沉浸于冬天,倾心死亡
不能自拔,热爱着空虚而寒冷的乡村

那里的谷物高高堆起,遮住了窗户
他们把一半用于一家六口人的嘴,吃和胃
一半用于农业,他们自己的繁殖

大风从东刮到西,从北刮向南,无视黑夜和黎明
你所说的曙光究竟是什么意思

  1989. 3. 14. 凌晨 3 点—4 点

弥 赛 亚（节选）

（《太阳》中天堂大合唱）

但是这并不意味着它是一首"诗"——它不是。

——斯宾格勒

献　　诗

谨用此太阳献给新的纪元！献给真理！
谨用这首长诗献给他的即将诞生的新的诗神！

献给新时代的曙光
献给青春

献　　诗

天空在海水上
奉献出自己真理的面容
这是曙光和黎明
这是新的一日

阳光从天而降穿透了海水。太阳！
在我的诗中，暂时停住你的脚步
让我用回忆和歌声撒上你金光闪闪的车轮
让我用生命铺在你的脚下，为一切阳光开路
献给你，我的这首用尽了天空和海水的长诗

让我再回到昨天
诗神降临的夜晚
雨雪下在大海上
从天而降，1982

我年刚十八，胸怀憧憬
背着一个受伤的陌生人
去寻找天堂，去寻找生命
却来到这里，来到这个夜晚
1988年11月21日诗神降临

这个陌生人是我们的世界
是我们的父兄，停在我们的血肉中
这个陌生人是个老人
奄奄一息，双目失明
几乎没有任何体温
他身上空无一人
我只能用血喂养

他这神奇的老骨头
世界的鲜血变成的马和琴

雨雪下在大海上
1988 年 11 月 21 日
我背着这个年老盲目的陌生人
来到这里,来到这个
世界的夜晚和中心,空无一人
一座山上通天堂,下抵地府
坐落在大沙漠的一片废墟
1985 年,我和他和太阳
三人遇见并参加了宇宙的诞生。

宇宙的诞生也就是我的诞生
雨雪下在黑夜的大海上
在路上,他变成许多人,与我相识,擦肩而过
甚至变成了我,但他还是他。
他一边唱着,我同时也在经历
这全是我们三人的经历
在世界和我的身上,已分不清
哪儿是言语哪儿是经历
我现在还仍然置身其中。

在岩石的腹中

岩石的内脏
忽然空了,忽然不翼而飞
加重了四周岩石的质量
碎石纷飞,我的手稿
更深的埋葬,火的内心充满回忆
把语言更深的埋葬
没有意义的声音
传自岩石的内脏。

天空
巨石围成
中间的空虚
中间飞走的部分
不可追回的
也不能后悔的部分
似乎我们刚从那里
逃离,安顿在
附近的岩石

1985,有一天,是在秋冬交替
岩石的内脏忽然没有了
那就是天空　天空　天空
突然的　不期而来的
不能明了的,交给你的

砍断你自己的
用尽你一生的海水上的天空
天空，没有获得
他自己的内容

我召唤
中间的沉默　和逃走的大神
我这满怀悲痛的世界
中间空虚的逃走的是天空
巨石围在了四周
我尽情的召唤：1988，抛下了弓箭
拾起了那颗头颅
放在天空上滚动
太阳！你可听见天空上秘密的灭绝人类的对话

我召唤：1985！巨石自动前来
堆砌一片，围住了天空上
千万道爆炸的火流　火狂舞着飞向天空
死去的　死去的　死去的
是那些阻止他的人。1988
突然像一颗头颅升出地面
大地裂开了一个口子
天空突然（？）了岩石　化身为人
血液说话，烈火说话：1988，1988

升出大海
在一片大水
高声叫喊"我自己"!
　　　　　"世界和我自己"!
他就醒来了。
喊　喊着"我自己"
召唤那秘密的
沉寂的,内在的
世界和我!召唤,召唤

半岛和岛屿上十七位国王,听着
从回声长出了原先主人的声音
主人在召唤,开始只是一片混乱的回声
一只号角内部漆黑,是全部世界
号角的主人召唤世界和自己
大海苍茫,群山四起,地狱幽暗,天堂遥远
阳光从天而降,一片混乱的回声
所有的人类似乎只有一个人
那就是主人,坐在太阳孤独的公社里。
黎明时分
　　　"我自己"
新的"我自己"
石头也不能分享

在可说的这一切
在说话的内部
石头也不能分享
这是新的一日。
这是曙光降临时的歌声
"我原是一个喝醉了酒的农奴
被接上了天空，我原是混沌的父亲
是原始的天空上第一滴宰杀的血液
自我逃避，自我沉醉，自我辩护
我不应该背上这个流泪的老盲人
补锅，磨刀，卖马，偷马，卖马
我不应该抱着整夜抱着枪和竖琴
成为诗人和首领。"阳光从天而降穿透了海水
献给你，我的这首用尽了生命和世界的长诗

回忆女神尖叫着
生下了什么
生下了我
相遇在上帝的群山
相遇在曙光中
太阳出来之前
这么多
这么多
  晨曦从天而降

我接受我自己
这天空
这世界的金火
破碎 凌乱 金光已尽
接受这本肮脏之书
杀人之书世界之书
接受这世界最后的金光
我虚心接受我自己
任太阳驱散黎明

太阳驱散黎明
移动我的诗
　　号角召唤
无头的人
从铁匠铺
抱走了头颅
无头的人怀抱他粗笨的头颅
几乎不能掩盖
在曙光中一切显示出来。
世界和我
快歌唱吧!

"在曙光中

抱头上天
太阳砍下自己的刀剑
太阳听见自己的歌声"

昔日大火照耀
火光中心　雨雪纷纷
曙光中心　曙光抱头上天
肮脏的书中杀人的书中
此刻剩下的只有奉献和歌声
移动我的诗　登上天梯
那无头的黎明　怀抱十日一齐上天
登上艰难的　这个世纪
这新的天空

这新的天空回首望去：
旧世界雨雪下在大海上。
此刻曙光中，岩石抬起头来一起向上看去。
火光中心雨雪纷纷我无头来其中
人们叫我黎明：我只带来了奉献和歌声

火光中心雨雪纷纷我无头来其中
通向天空的火光中心雨雪纷纷。
肮脏的书杀人的书戴上了我的头骨
因为血液稠密而看不清别的

这是新的世界和我，此刻也只有奉献和歌声
在此之前我写下了这几十个世纪最后的一首诗
并从此出发将它抛弃，就是太阳抛下了黎明
曙光会知道我和太阳的目的地。太阳和我！
献给你，我的这首用尽了天空和海水的长诗

1988. 12. 1

太　阳

（第一合唱部分：秘密谈话）

（第四手稿）

——（"世界起源于一场秘密谈话"）

放置在　献诗　前面的　一次秘密谈话

人物：铁匠、石匠、打柴人、猎人、火

秘密谈话

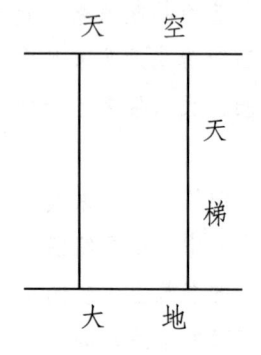

```
       天   空
      ┌───────┐
      │       │
      │       │天
      │       │
      │       │梯
      │       │
      └───────┘
       大   地
```

打柴人这一天
从人类的树林
砍来树木,找到天梯
然后从天梯走回天堂
他坐下,把他们
投入火中,使火幸福
在天堂,打柴人和火
开始了我记在下面的
一次秘密谈话

正在这时有铁匠、石匠、猎人、卖酒人
和一个叫"二十一"的,经常在天梯上下
他们来去匆匆,谈话时而长时而简短
无论是谁与谁在天梯上相遇
都会谈上他们心中的幻象。
正是这些天梯上的谈话声遮住了
天堂中打柴人与火的谈话声。

因此我没有听见什么
或者说听见不多。

天堂里打柴人与火的秘密谈话

打 柴 人

记得在黑暗混沌
一个空虚的大城
分不清我与你
都融合在我之中
我还没有醒来
睡得像空虚。

火

在我内部
有另一个
微弱的我
在呼喊
在召唤
召唤他自己

打 柴 人

第一日开劈了我与你
我从你身上走下
我从你内部走到外部
看到了我自己的眼睛

火

打柴人和火,彼此照亮
旋即认清了对方的面容
并在你的眼睛里
长出了我的身体

打 柴 人

我与你彼此为证
互为食物和夫妻
我与你相依为命
内脏有着第一日
一劈为二的痕迹

  (天梯上传来老石匠的呼喊:)

天空运送的　是一片废墟
我和太阳　在天空上运送
这壮观的　毁灭的　无人的废墟

  我高声询问:
  又有谁在?

难道全在大火中死光了

又有谁在？

我背负一片不可测量的废墟
　　四周是深渊　看不见底
我多么期望　我的内部有人呼应
　　　又有谁在？

我在天空深处
　　高声询问
　　　　谁在？
我背负天空
我内部
背负天空
我内部着火的废墟
越来越沉
我只有沉沦
更深地陷落

灭绝的大地
四季生长
无人回答
我是父母，但没有子孙
一片空虚
　　　又有谁在？

天空的门
紧紧的关着
没有人进来也没有人出去
没有人上来也没有人下去
海水和天空
我内心着火的废墟　广阔的涌动
这全部的大火在我的脊背上就要凝固
这全部的天空
在我内部
就要关闭

一万种暴力
没有头颅
坐在海底
站在天空上呼喊

这全部的天空今天
在我内部就要关闭

减轻人类的痛苦
降低人类的声音
天空如此寂静
就要关闭

又有谁在?

闪电大雷
这燃烧的
从天而降的
　　亮得像狰狞的白骨
　　红得像雨中的大血
　　响得就是夺命的鼓!
又有谁在?

寂静的天空你
封闭的内部
是吼叫的废墟

大海　突然停顿在上空
突然停顿在我的头顶
关闭了所有的天空
天地马上就要
不复存在

天空
轰轰倒下
葬在　没有头颅的大海
这哪是天空

只是天空的碎片
　五脏缠绕着
　　　　这天空的碎片
　　　　　这没有头颅的大海
　　　　　这三位大地的导师
　五脏缠绕着你们
　　　　召唤你们
　　　　轰炸你们
这一种爆炸中
又有谁在？

八面天空
有七面封闭
剩下那
最后的
末日的
火光照亮的
一面废墟
也要关闭
孩子　　那些孩子们呢
我用全部世界换来的
那些孩子呢
最后的天空就要关上
孩子呢　又有谁在？

我站在天梯上
看见这半开半合的天空
这八面天空的最后一面
我看见这天空即将合上
我看见这天空已经合上

从天空迈出一步
三千儿童
三千孩子
三千赤子
被一位无头英雄
领着杀下了天空
从天空迈出一步
那位无头英雄
领着孩子们降临大地
正是黄昏时分
无头英雄手指落日
手指落日和天空
眼含尘土和热血
扶着马头倒下

我在天空深处高声询问　谁在？

我
从天空中站起来呼喊
又有谁在？

最后一个灵魂
这一天黄昏
天空即将封闭
身背弓箭的最后一个灵魂
这位领着三千儿童杀下天空的无头英雄
眼含热泪指着我背负的这片燃烧的废墟
这标志天堂关闭的大火
对他的儿子们说，那是太阳

孩子们，三千孩子活下了多少
三千孩子记住了多少
孩子们，听见了吗
这降临到大地上后
你们听到的第一个
属于大地也属于天空
的声音：孩子们，听见了吗，那是太阳

太阳

无头的灵魂

英雄的灵魂
灵魂啊，不要躲开大地
不要躲开这大地的尘土
大地的气息大地的生命
灵魂啊，不要躲开你自己
不要躲开已降到大地的你自己
你为何要匆匆而来又匆匆而去
扶着你骑过万年的天空飞马的头颅
你为什么要倒下　你为什么这么快的离去
你再也不能离去

莫非你不能适应大地
你这无头的英雄
天空已对你关闭
你将要埋在大地
你不能适应的大地
将第一个埋葬你

灵魂啊，不要躲开
我问你，你的儿子们
活下去了吗？

我站在天梯
目睹这一切

我在天空深处
高声询问
谁在？

从天空中站起来呼喊
又有谁在？

   ＊ ＊ ＊

大地上充满了孩子的欢乐，也传到天堂
(这时刻天堂中打柴人和火
抛开了秘密谈话，高声歌唱
歌唱青春——那位无头英雄)

大合唱：献给曙光女神　献给青春的诗

青春迎面走来
成为我和大地
开天劈地
世界必然破碎

青春迎面走来
世界必然破碎
天堂欢聚一堂又骤然分开
齐声欢呼　青春　青春

青春迎面走来
成为我和世界

天地突然获得青春
这秘密传遍世界，获得世界
也将世界猛的劈开
天堂的烈火，长出了人形
这是青春　依然坐在大火中

一轮巨斧劈开
世界碎成千万
手中突然获得
曙光是谁的天才

先是幻象千万
后是真理唯一
青春就是真理
青春就是刀锋
石头围住天空
青春降临大地
　　如此单纯

* 　* 　*

打　柴　人

在火光中

在火光中　我跟不上那孤独的
独自前进的、主要的思想。
在火光中，我跟不上自己那孤独的
没有受到关怀的、主要的思想
我手中的都已抛弃
但没有到达他们自己所在的地方
剩下的我紧握手中
他们都不在这里
而紧紧跟上了被抛向远方的伙伴。

在长长的，孤独的光线中
只有主要的在前进
只有主要的仍然在前进
没有伙伴
没有他自己的伙伴
也没有受到天地的关怀

在长长的、孤独的光线中
只有荒凉纯洁的沙漠火光
紧跟他的思想

只有荒凉的沙漠之火
热爱他,紧跟他的脚步
在火光中,我跟不上自己那孤独的
独自前进的,主要的思想
我跟不上自己快如闪电的思想
在火光中,我跟不上自己的景象
我的生命已经盲目
在火光中,我的生命跟不上自己的景象

在长长的、孤独的光线中
两块野蛮的石头
永远的放走了他自己的飞鸟
在火光中
我跟不上自己的景象

打 柴 人

在火中我的双脚变成了一只舌头
举起心脏,摔碎在太阳的鼓面
鼓手终于在火中像火一样笑了
像火一样寂寞,像火一样热闹
天堂之火的腹部携带着我和你
在火中我的舌头变成了两只大脚。
我在吐火
我长出一万个头颅

每只头颅伸出一只手
牵着一个兽头
那也是一只万头之兽
他也在吐火

我们一齐吐火

这火一直从天堂
挂到大地和海水
火
青春
贯穿了
我

青春！蒙古！青春！
上帝坐在冬天无限的太空
面朝地穴三万六千　岁年十二　人口亿万
六百车轴旋转　不避疯狂　天空万有
天空以万有高喊万有
面朝地穴在旷野大火之上呼喊：蒙古！蒙古！
马骨十万八千为船，人头十万八千为帆
一阵长风吹过
上书"灭绝人类和世界"

＊　　＊　　＊

夜　　歌

天梯上的夜歌，天堂的夜歌

天梯上的夜歌
　天堂的夜歌
夜歌歌唱了我
弓箭放下，
我画出山坡
太阳放下弓箭
夜晚画出山坡

一群群哑巴
头戴牢房
身穿铁条和火
坐在黑夜山坡
一群群哑巴
高唱黑夜之歌
这是我的夜歌

这是我的夜歌
歌唱那些人
那些黑夜
那些秘密火柴

投入天堂之火

黑夜　年青而秘密
像苦难之火
像苦难的黑色之火
看不见自己的火焰
这是我的夜歌

黑夜抱着谁
坐在底部
烧得漆黑

黑夜抱着谁
坐在热情中
坐在灰烬和深渊
他茫然的望着我
这是我的夜歌

坐在天堂
坐在天梯上
看着这一片草原
属于哪一个国王
多少马
多少羊

多少金头箭壶
多少望不到边的金帐
如此荒凉
将我的夜歌歌唱

天堂里的流水声

（合唱部分）

在天堂里
大地只是一片苦树叶
珍藏在天堂
大海只是燃烧的泉水
只有一滴
而太阳是其中狩猎
和剥削的猎人

苦叶子
是那三千赤子之一
被那名为青春
的无头英雄
领着杀下天空
的三千赤子之一

在天堂

在夜歌中
一片苦叶子
和半根豹骨
我造人
男人和女人
在天堂相遇

在天堂的黄昏
转眼即是夜晚

在夜歌中相遇
扔下了开天斧子
住进了天堂歌声

三个神明合上他的眼睛
住进一片苦树叶
没有他的树
没有他的树枝和树根
没有他的种子
没有他的父母
三个人扔下开天的斧子
住在其中
一片苦树叶就是大地的全部内容
也是他的形式和全部重量

也是幸福　也是地母　也是深渊和空虚

欢乐女神住在其中
一片苦叶子的幸福
大地不能承受
大地必然倾斜
只有一片苦叶子
珍藏大地的秘密
他的苦草根没有经历过死亡
没有人能在大地上
找到这一片名叫大地的树叶

这一片苦树叶住在天堂
大地不能承受，大地必然倾斜
这一片苦树叶住在天堂的合唱
左边是大海这一滴的泉水燃烧
右边是正在狩猎和剥皮的太阳

后　　记

　　1991年秋天，我们找到西川先生，请他编一部海子的短诗集。在这之前，已有几家出版社向西川先生约稿。同行的心情是可以理解的。但我们很快和西川先生达成了共识：由人民文学出版社出版一部比较完备的海子短诗选集更为适宜。1992年春天我们开始发稿，原拟1993年春天出版见书，但就在即将付印时，由于工作的安排和人员变动被迫停了下来。这之后将近两年的时间里，不断有喜爱和关心海子诗歌的朋友向我们和西川先生询问诗集的出版情况。在感到不安的同时，我们也深深被感动。现在，这部诗集终于和大家见面了，我们感谢所有关心和支持我们工作的朋友们。

　　从1984年到1989年，不到五年的时间里，海子创作了数量惊人的优秀作品，包括短诗、长诗、诗剧和一些札记。其中流传最广、最具影响的是他的短诗。正如诗人自己所说，他的短诗是绝对抒情的，有一种刀劈斧砍的力量。从1984年的《亚洲铜》，到1989年3月14日的《春天，十个海子》，我们看到的是诗人一生的热爱和痛惜。对于一切美好事物的眷恋之情，对于生命的世俗和崇高的激动和关怀，所有这些已容不下更多的思想和真理。然而诗人率真的情怀并未损害优秀诗歌所必须具备的语言的节制和锻打，他的绝大部分短诗作品在诗艺上也是无可挑剔的。寓言、纯粹的歌咏和遥想式的倾诉是其三种基本的方式，它们是自足和卓有成效的。

我们委托西川先生从海子两百多首短诗作品中精选出一百六十多首，在具体编辑过程中，我们又作了少量的增删，尽可能使诗集更精致一些。短诗之后，我们还节选了长诗《弥赛亚》的一部分，以便读者对海子不同形式的创作有所比较。

王清平　王　晓
1994．5．15．